Usch Luhn

Maxie und ein Hund mit Herzklopfen

Usch Luhn

Mäxie

und ein Hund mit Herzklopfen

Mit Illustrationen von Nina Dulleck

Ravensburger Buchverlag

Bibliografische Information der Deutschen Nationalbibliothek:

Die Deutsche Nationalbibliothek verzeichnet diese Publikation
in der Deutschen Nationalbibliografie.
Detaillierte bibliografische Daten sind im Internet
über **http://dnb.d-nb.de** abrufbar.

MIX
Papier aus verantwortungsvollen Quellen
FSC www.fsc.org
FSC® C014496

Das für dieses Buch verwendete FSC®-zertifizierte Papier liefert Arctic Paper Mochenwangen GmbH

Ebenfalls im Ravensburger Buchverlag erschienen:
Usch Luhn: „Maxie und ein Fisch mit Fernweh“ (Band 1)

1 2 3 4 5 16 15 14 13 12

Umschlag und Innenillustrationen: Nina Dulleck
Lektorat: Jo Anne Brügmann

Printed in Germany

ISBN 978-3-473-36850-1

www.ravensburger.de

Arrrrrgh! Kennt jemand dieses Gefühl? Dass man gleich platzt vor Freude und man weiß gar nicht mehr wohin mit sich? So geht es mir gerade.

Und deshalb laufe ich seit einer geschlagenen Stunde die vielen Treppen unseres winzigen, aber hohen Hexenhauses rauf bis zum Dachboden und wieder runter und mache nur mal einen kurzen Zwischenstopp in der Küche, um einen Schluck Apfelsaftschorle zu trinken. Ich bin nämlich außerdem kurz davor zu verdursten – vor Aufregung!

Meine zwei Schwestern dagegen sind richtige Spaßbremsen. Sie verziehen keine Miene und tun so, als würde sie die Sache gar nichts angehen. Dabei freuen sie sich genauso wie ich, das spüre ich einfach.

Kassia, meine elfjährige Schwester, auch Superhirn genannt, findet es einfach zu banal, sich offen zu begeistern. Ich weiß aber genau, dass sie es auch kaum erwarten kann. Ich kann schließlich eins und eins zusammenzählen.

Sie hat freiwillig (!) ihr Zimmer aufgeräumt und sogar die Dachstube, in der ihr riesiges Teleskop steht. Damit guckt sie jeden Abend nach, ob ihr endlich mal ein paar Aliens zuwinken. War aber bis jetzt Fehlanzeige. Die Einzigen, die ab und zu müde ihre Flügel schwenken, sind die Fledermäuse, die bei uns unter dem Dach hängen.

Apropos Dach: Meine liebe Schwester hat keinen Dachschaden, sie ist nur etwas – kompliziert. Das meint jedenfalls unsere Mutter. Ich persönlich finde sie eher nervig. Jedenfalls manchmal. Aber ich hätte es schlimmer treffen können.

Auch Schwester Nummer zwei ist ziemlich okay. Jule geht noch in die Grundschule. Obwohl sie eine absolute Plaudertasche ist, gibt sie ausgerechnet heute, an diesem besonderen Tag, keinen Mucks von sich.

Aber auch bei ihr weiß ich, dass diese Gelassenheit nur ein Beleg für ihre schauspielerischen Fähigkeiten ist. Ich war heimlich in ihrem Zimmer, als sie Mama heute Vormittag beim Tierefüttern geholfen hat, und habe ein wenig in ihren Sachen herumgeschnüffelt. Sie hat zur Begrüßung ein echt süßes und knallbuntes Bild mit ihren neuen Wasserfarben gemalt. Darauf ist sie selbst zu sehen, wie sie auf Eddy sitzt.

Eddy ist unser größtes Haustier, ein total entspannter Esel. Seit die Pfefferbande – also Familie Pfeffer, bestehend aus Jonas und Lukas und ihrem etwas gewöhnungsbedürftigen Vater Sebastian – nebenan wohnt, lässt er es sogar zu, dass man auf ihm die Straße entlangreitet. Lukas Pfeffer ist nämlich so etwas wie ein Eselflüsterer, auch wenn unsere Mutter steif und fest behauptet, dass es solche Menschen nicht gibt. Sie besteht lächerlicherweise darauf, dass sie bei allen Dingen, die Tiere betreffen, die Weisheit mit Löffeln gefressen hat. Schließlich sei sie Tierärztin. Und so sagt sie einfach, Esel seien unbelehrbar und Eselflüsterer gebe es nicht.

Gibt es wohl!

Obwohl Lukas noch nie eigene Tiere hatte, weil sein Vater gegen alle möglichen Tierhaare allergisch ist, hat er Eddy in null Komma nichts dazu gebracht, nach seiner Pfeife zu tanzen. Jule fand das zunächst alles andere als toll. Schließlich ist Eddy *ihr* Esel, den man eigentlich nur mit ihrer Erlaubnis füttern darf und den niemand sonst so gerne hat wie sie. Mittlerweile hat sie sich jedoch damit abgefunden. Ziemlich gut für jemanden, der erst neun Jahre alt und damit also noch fast ein Kleinkind ist, oder? Seit Kurzem sitzt Lukas in der Schule sogar neben ihr, weil ihre beste Freundin Rosanna gerade zu einer Zicke mutiert.

Was Rosanna betrifft, hat Kassia noch eine andere Vermutung. Sie wollte unbedingt den Alien-Test mit ihr machen. Aber das hat Jule ihr verboten. Den Alien-Test macht Kassia mit jedem, der sich nicht dagegen wehrt. Sie hofft, dass sie auf diese Weise irgendwann einen echten Außerirdischen kennenlernt.

Aber bei Rosanna liegt sie mit Sicherheit schief. Die ist nicht außerirdisch, die benimmt sich unterirdisch. Und zwar gegenüber meiner süßen kleinen Schwester. Das finde ich gar nicht witzig.

Vielleicht sollte Lukas demnächst versuchen, sein Talent an Rosanna weiterzuentwickeln. Zwischen einem störrischen Esel und einer Zicke gibt es ja nicht allzu große Unterschiede …

Aber zurück zu dem Wasserfarbenbild: Das Coolste darauf ist nicht Jule mit Eddy, sondern die schicke Fahne, die Jule über ihrem gemalten Kopf schwenkt.

Darauf steht:

Herzlich willkommen im Hexenhaus, Paula!

Und genau das ist der Grund, warum ich so schrecklich aufgeregt bin und mich freue wie eine Schneekö-

Herzlich Willkommen
im Hexenhaus
PAULA!

nigin: Meine allerbeste Freundin Paula aus London kommt zu Besuch!

Es ist verdammt lange her, dass wir uns das letzte Mal getroffen haben – fast ein ganzes Jahr. Ich habe keinen blassen Schimmer, wo ich mit dem Erzählen anfangen werde.

Bei Herrn Schiller, meinem crazy Vogel, der rappen kann? Oder sollte ich mich besser über Jonas auslassen? Der war nämlich erst gar nicht nett und dann doch. Er wollte erst überhaupt nicht in der Villa nebenan wohnen bleiben und jetzt hängt er dort immer noch herum.

Klar, ich habe natürlich versucht, Paula per Post auf dem Laufenden zu halten. Aber bei uns ist in der letzten Zeit so viel passiert, dass ich einen ganzen Roman hätte schreiben müssen, um ihr alles zu berichten.

Die Attacken auf Herrn Pfeffer habe ich zum Beispiel komplett weggelassen: Springmäuse im Klavier, Senfkuchen für seine lieben Kollegen an der Schule und Stinkekäfer als Bettgenossen …

Nach diesen Aktionen hätten viele Mütter Paulas Besuch bestimmt ganz einfach abgeblasen. So nach dem Motto: Strafe muss sein! Aber unsere Mama ist einfach die netteste Mutter, die man sich vorstellen kann, und würde so etwas nie im Leben machen.

Manchmal ist es wirklich wie verhext! Ausgerechnet heute Früh bekam unsere Mutter einen echt verzweifelten Anruf eines Bauern aus der Nachbarschaft, dessen junge Kuh kalbte.

Leider scherte sich das Kälbchen, das auf die Welt drängte, gar nicht darum, dass Paula Punkt zwölf mit dem Zug ankommen soll.

Ein Glück sind ja gerade Ferien. Deshalb hatte ich die geniale Idee, Mama vorzuschlagen, dass sie mich auf den Bauernhof mitnimmt, sozusagen als ihre Assistentin. Wenn alles glattgelaufen wäre, hätten wir direkt weiter zum Bahnhof fahren und Paula einsammeln können.

Dummerweise wollten Kassia und Jule aber auch mitkommen.

„Alle auf einmal geht nicht!“, sagte unsere Mutter energisch. „Mit drei von eurer Sorte bei einer schwierigen Geburt werde ich garantiert verrückt!“

Und dabei blieb es. Wir mussten zu Hause bleiben.

Deshalb laufe ich immer noch wie auf glühenden Kohlen von der Küche bis ganz nach oben unters Dach und wieder zurück.

Warum gibt es eigentlich keinen Treppen-Marathon als olympische Disziplin? Den würde ich bestimmt gewinnen.

Alle zehn Minuten schaue ich auf die Küchenuhr. Seltsamerweise sind dann erst höchstens zwei Minuten vergangen. Irgendetwas stimmt da nicht.

„Hast du was mit der Uhr angestellt, Kassi?“, frage ich bei meinem nächsten Boxenstopp.

Kassia schmiert sich gerade in aller Seelenruhe fingerdick Erdbeermarmelade auf ein Butterbrot, sodass kaum mehr was im Glas übrig bleibt. Das macht sie nur, weil unsere Mutter nicht da ist. Die meckert nämlich immer mit uns, wenn wir nicht ordentlich teilen.

„Häh?“, fragt Kassia verständnislos und leckt das Messer ab.

Unsere Mutter sagt, dass Kassia noch *frühreifer* sei als ich und deshalb mache sie so nervige Sachen wie das mit der Uhr.

Frühreif. Ulkiges Wort. Heißt das, man fällt anschließend wie ein Apfel vom Ast und wird matschig? Wie eklig ist das denn? Eltern legen es oft wirklich darauf an, sich mit ihren Kindern zu streiten. Oder warum sagen sie sonst so seltsame Sachen über sie?

„Hast du die Uhr langsamer gestellt?“, wiederhole ich meine Frage genervt. „Es kommt mir so vor, als ob wir hier schon seit Ewigkeiten warten.“

Kassia setzt diesen gefährlich überlegenen Blick auf, bei dem ich nie weiß, ob ich in der nächsten (echten) Sekunde wie eine Rakete in die Luft gehen oder ihr um den Hals fallen und sie vor Freude abknutschen werde.

„Das ist ein tolles Beispiel für das …“, sie macht eine bescheuerte Kunstpause, um mich länger zappeln zu lassen, „… was Albert Einstein herausgefunden hat.“ Sie strahlt mich an. „Nämlich, dass Zeit relativ ist. Dem einen kommen fünf Minuten wie fünf Sekunden vor, dem anderen wie fünf Jahre. Die Uhr ist total okay. Das ist nämlich eine Funkuhr. Die stimmt immer. Kapiert, Schwesterchen?“

Es ist mir ein absolutes Rätsel, wie man so dermaßen eingebildet gucken kann. Kurz bevor meine Wut-Rakete mit mir abhebt, mischt sich Jule ein.

„Stimmt gar nicht, stimmt gar nicht, stimmt gar nicht! Kassi ist dumm, Kassi ist dumm, Kassi ist oberoberdumm“, trällert sie in einem Kindergarten-Singsang, der signalisiert, dass sie Lust auf Streit hat.

„Und wieso stimmt das nicht, du Zwerg?“, entgegnet Kassia gelangweilt. „Jetzt bin ich ja echt mal gespannt auf deine Weisheiten.“

Jule dreht eine fröhliche Pirouette. „Wenn jetzt fünf Minuten vergangen wären, die in Wirklichkeit fünf Jahre waren, dann könnte ich noch heute mit meinem Mofaführerschein anfangen und mir von dem Geld in meinem Sparschwein ein Mofa kaufen. Der Bruder von Rosanna hat gerade eines gekriegt, kanarienvogelgelb. Sieht superschön aus. Ich würde mir aber noch Blümchen draufkleben. Wenn ich das später Mama sage, sagt sie bestimmt, ich rede Quatsch. Also erzählt Kassi auch Quatsch.“

Irgendwie finde ich meine kleine Schwester megacool. Ich weiß zwar, dass sie gerade totalen Blödsinn redet, aber Kassia scheint sie damit auf die Palme zu bringen. Und das gefällt mir in diesem Moment richtig gut.

Kassia schüttelt unwillig ihren Kopf. „*Du* redest Quatsch, völligen Quatsch. Wie immer verdrehst du alles.“

Jule tanzt übermütig weiter. „Ich hab ’nen Drehwurm, ich hab ’nen Drehwurm, ich hab ’nen Drehwurm. Fünf Sekunden, fünf Minuten, fünfzig Stunden …“

Ich kann es mir nicht verkneifen, wie verrückt loszukreischen.

Durch meine Lachtränen sehe ich an Kassias wütendem Blick, dass sie gerade dabei ist, *ihre* Rakete zu starten und in den Orbit zu düsen. Na, da oben findet sie bestimmt jede Menge Material für ihren Alien-Test.

„... fünfhundert Tage, fünftausend Jahre ...“, nervt Jule immer weiter und tanzt um uns herum.

Kassia schnauft wie eine Dampflok. Sie ist strikt gegen Gewalt. Aber im Augenblick würde sie Jule bestimmt gerne eine runterhauen.

„Alle Passagiere bitte anschnallen“, sage ich kichernd. „Käpt'n Kassia bereit machen für die Umlaufbahn ...“

Plötzlich schnappt sich Kassia mein Glas mit der Apfelschorle und kippt den Inhalt direkt vor meine Füße. „Ihr seid total blöde Gänse!“, schreit sie mit Tränen in den Augen. „Ich will ins Internat und zwar sofort. Mit euch will ich keine Sekunde länger unter einem Dach wohnen.“ Sie stampft wie ein Rhinozeros auf dem Küchenfußboden herum.

Ich erkenne deutlich, dass Jule und ich den Bogen überspannt haben. Kassia hasst es, wenn man sie auslacht. Aber manchmal kann ich einfach nicht anders.

Kassia mal aus ihrer schlauen Haut fahren zu sehen, finde ich ungemein entspannend.

Gerade als Kassia anfängt, wahllos auf Jule und mich einzuboxen, dreht sich der Schlüssel im Schloss der Haustür. Gleichzeitig klingelt jemand Sturm.

„Hallooooo!“, ruft unsere Mutter in ziemlicher Lautstärke. „Keiner da? Habt ihr mein Hupen nicht gehört? Besu-u-uch ist da!“

Im selben Augenblick ertönt merkwürdigerweise Hundegebell.

„Paula!“, kreische ich so höllisch laut los, dass sich meine Stimme dabei überschlägt. „Paula! Paula ist gekommen!“

Ich poltere in Lichtgeschwindigkeit die Treppe hinunter, falle der Länge nach über ein schwarz-weiß gesprenkeltes wie verrückt bellendes Etwas und schieße mit dem Kopf voran in Mamas Schuhschrank, der neben dem Eingang steht.

Unsere Mutter liebt Schuhe. Gerade purzeln sie mir dutzendweise auf den Kopf. Der Kläffer, der meinen Unfall verursacht hat, schnappt sich eine grün-rote Sandale, die ich noch gar nicht an Mamas Fuß gesehen habe, und kaut begeistert darauf herum.

„Oh nein. Die sind noch ganz neu. Gib sofort her!“, schreit Mama entgeistert. Sie greift energisch

in das sabbernde Hundemaul und versucht, die Sandale zurückzuerobern.

„Daisy! Stop! Stop! Daisy! Stop!“ Paula hat nicht mehr Erfolg als Mama.

„Vielleicht glaubt der Schnuffel, dein Schuh ist eine Tulpe, Mama“, mischt sich Jule ein. „In Sachkunde haben wir gelernt, dass manche Hunde gerne Pflanzen fressen.“

Unsere Mutter schüttelt ärgerlich den Kopf. „Was ist das denn schon wieder für ein Unsinn? Hunde sind Fleischfresser und damit basta. Blumen und Lederschuhe gehören nicht in den Hundenapf.“

Während Mama und der Daisy-Schnuffel weiter um die Sandale kämpfen, fallen Paula und ich uns in die Arme. Am liebsten würde ich vor Freude eine Runde weinen, aber das geht einfach nicht, wenn man schon fast dreizehn Jahre alt ist.

„Ich bin total erschossen“, stöhnt Paula. „Daisy hat die ganze Zeit gebellt. Ich hab mich so für sie geschämt. Sie hat sogar einem Mann das Käsebrot weggeschnappt. Aber da war auch ihr Lieblingskäse drauf.

Weil er echt sauer war und Daisy beim Schaffner verpetzen wollte, habe ich ihm meine leckere Schokolade geschenkt. Dabei war der eh schon so dick.“ Sie verdreht die Augen.

„Du kannst meine Schoki kriegen, ich habe noch einen ganzen Osterhasen in meinen Winterstiefeln versteckt!“, ruft Jule und umarmt Paula zutraulich. „Hast du Angst vor dem Mann gehabt?“

Paula schüttelt den Kopf. „Nö. Das war ja bloß ein Vielfraß. Der mampft keine Kinder. Nicht mal dich!“ Sie zwickt Jule in ihren kleinen Speckbauch.

Ich muss kichern, obwohl die Sache an sich gemein ist. Aber Paula ist einfach wie immer. Und darüber bin ich total froh.

Mal ehrlich: Ich finde Paula supermutig. Sie ist die ganze Strecke von London alleine mit dem Zug gefahren und musste sogar zweimal mit Koffer und Hund umsteigen, einmal davon in Frankreich. Ich gebe es zwar nicht gerne zu – aber das würde ich mich nicht trauen.

„Ist das dein Hund?“, frage ich überflüssigerweise. Auch wenn er nicht auf Paula hört – der Hund passt zu ihr. Und dass er ihr nicht folgt, ebenfalls.

„Ich habe Mama so lange bearbeitet, bis sie ihn mir erlaubt hat“, sagt Paula strahlend. „Sie ist ein Dalmatinermischling, ihr Papa ist ein Cockerspaniel. Ich habe sie Daisy genannt, weil das auf Englisch Gänseblümchen heißt.“

„So sieht sie auch aus“, ruft Jule aufgeregt dazwischen. „Die Tupfer auf ihrem Fell sehen aus wie eine Blumenwiese. Echt süß. So gesprenkelt will ich mein Mofa haben. Wie ein Dalmatiner mit Blümchen drauf."

Paula macht ein verdutztes Gesicht. „Darfst du schon Mofa fahren? Das ist doch erst ab vierzehn erlaubt, oder?"

Jule will zu einer Erklärung ansetzen, aber sie fängt gerade noch Kassias wilden Blick auf. „Was hast du denn?", fragt sie scheinheilig.

Ich mache mir einige Sekunden lang Sorgen, dass es zwischen den beiden wieder losgeht, aber zum Glück stößt Mama genau in diesem Moment einen wilden Schrei aus.

„Na also!" Sie rollt mit zerzaustem Haar und der Sandale in der Hand triumphierend durch den Flur.

Während sich Daisy enttäuscht nach einem neuen leckeren Lederstück umsieht, begutachtet unsere Mutter mit gerunzelter Stirn den entstandenen Schaden. Ein Riemchen ist abgerissen, ansonsten ist der Schuh einfach nur nass und klebrig. Aber das ist sie ja von ihren Patienten gewöhnt.

„Es tut mir so leid, Tante Klementine", sagt Paula zerknirscht. „Daisy ist bei Fremden immer so aufgeregt. Und dann stellt sie diese schlimmen Sachen an.

Zu Hause ist sie total lieb.“ Sie streicht Daisy zärtlich über den Kopf.

Weil unsere Eltern sich schon lange kannten, bevor wir geboren wurden, sagt Paula Tante zu unserer Mutter, obwohl wir eigentlich gar nicht miteinander verwandt sind. Ihre Mama nenne ich Tante Penny. Echt schön. Hoffentlich kriegt sich Daisy wieder ein. Ich habe keine Lust, meine beste Freundin zu teilen. Nicht mal mit einem wandelnden Gänseblümchenstrauß.

„Du kannst Jonas mit Daisy zum Gassigehen losschicken“, schlage ich vor. „Der hätte ohnehin gerne einen eigenen Hund. Aber bis jetzt hat er nur einen grünen Fisch.“

Paula grinst wissend. „Ach, ist das der Doofmann mit dem noch größeren Doofmann als Vater von nebenan?“ Sie zwinkert verschwörerisch.

Mir steigt überraschend Hitze in den Kopf. „Na ja“, sage ich zögernd. „Die Sache ist die …“

Ich überlege, wie ich Paula in möglichst wenigen Sätzen erklären soll, warum aus doof weniger doof bis gar nicht doof geworden ist.

„Sag mal, Maxie!“, mischt sich Mama empört ein. „Hast du Sebastian und seine Kinder Doofmänner genannt? Das ist gar nicht nett und so was auch noch in einen Brief zu schreiben …“

Ist es ein Naturgesetz, dass Mütter immer dann zuhören, wenn sie weghören sollen und umgekehrt?

„Mama, das ist wie mit Rosanna“, kommt mir Jule unerwartet zu Hilfe. „Nur andersherum. Erst war Rosanna keine Zicke, und jetzt ist sie eine. Erst war Herr Pfeffer ein Doofmann, jetzt nicht mehr ganz so.“

Mama guckt nicht gerade überzeugt.

Plötzlich ertönt ein lautes Knurren. Und dieses Geräusch kommt nicht von Daisy. Die sabbert nämlich glücklich einen alten Hausschuh von Mama voll.

Paula gluckst los. „Das ist mein Bauch. Ich hab einen Riesenhunger!“

Mama klatscht in die Hände. „Na, dann nichts wie ab in die Küche. Ich wollte doch Pizza backen. Warum stehen wir eigentlich seit Stunden hier im Flur?“

Ich ziehe Paula eilig hinter mir her. Auf Pizza habe ich jetzt echt große Lust.

Als Erstes tritt Mama barfuß in die Apfelsaft-Pfütze auf dem Fußboden. Sie quietscht laut auf und verschwindet mit ihren klebrigen Füßen im Bad.

„Das war aber nicht Daisy!“, ruft Paula.

Ich könnte schwören, dass sie „noch nicht“ hinterhermurmelt. Daisy scheint wirklich sehr *speziell* zu sein. Na, dann passt sie wenigstens perfekt zu uns. Ich bin ja so-o-o gespannt!

Am nächsten Morgen schlafen wir ewig lange aus. Als ich als Erste die Augen aufmache, regnet es draußen in Strömen. Das darf doch nicht wahr sein – zum ersten Mal in diesem Sommer ist schlechtes Wetter! Unsere Tagesplanung fällt also wortwörtlich ins Wasser. Eigentlich hatten wir nämlich abends verabredet, an den See zu radeln. Dort gibt es seit Kurzem eine riesige Rutsche mit total glitschigen Kurven.

Paula und ich teilen uns ein Bett. Das machen wir immer so, wenn wir irgendwo zusammen übernachten. Daisy ist auf Paulas Füßen in eine Art Jahrhundertschlaf gefallen, sobald wir das Licht ausgemacht hatten, und wir zwei haben gequatscht, bis es schon fast hell wurde. Bei Paula gibt es nicht viel Neues. Sie schlägt sich immer noch mit diesen nervigen Kindermädchen herum. Am schlimmsten findet sie es, wenn sie mehrere Tage rund um die Uhr im Haus sind. Aber als Hubschrauberpilotin hat Tante Penny nun mal keine normalen Arbeitszeiten.

Mein Papa und Tante Penny sind zusammen zur Schule gegangen und haben sich dann für denselben Beruf entschieden. Nach Papas Unfall haben Paula und Tante Penny ganz lange bei uns gewohnt und gemeinsam mit Mama auf uns drei aufgepasst. Seither sind Mama und Penny beste Freundinnen, und Paula und ich sind beste Freundinnen. Richtig cool!

Mit einem Mal fängt Daisy ganz leise an zu wimmern. Wahrscheinlich muss sie sich mal die Pfoten vertreten.

„Paula?“, ich rüttle sanft an ihrer Schulter. Eigentlich wollte ich ihr heute als Überraschung Kakao und Mamas selbst gebackene Nusshörnchen ans Bett bringen, aber daraus wird jetzt wohl auch nichts.

„Hmmm“, stöhnt Paula schläfrig und zieht sich die Bettdecke über den Kopf.

„Daisy muss mal“, flüstere ich.

„Hmmm“, murmelt Paula, dreht sich auf den Bauch und fängt an zu schnarchen.

Daisy wimmert mittlerweile lauter. Ich habe echt keine Lust darauf, dass sie mir das Bett vollpieselt.

Mama kann ich unmöglich bitten, sie in den Garten zu lotsen, die horcht bestimmt gerade einem Hamster die Brust ab oder zieht einem Meerschweinchen seinen vereiterten Eckzahn.

Also stehe ich auf und lächle den Dalmatinermischling beruhigend an. „Komm, mein Daisylein, geh schön mit der Tante Maxie Gassi." Gut dass mich außer Daisy keiner hört. Ich quatsche wirklich gequirlten Blödsinn. Ob sie mich überhaupt versteht, wenn ich Deutsch spreche? Aber so früh am Morgen kriege ich kein Englisch raus. Na, sicher wächst sie in London zweisprachig auf.

Meine Turnschuhe ziehe ich lieber nicht an. Das dauert jetzt zu lange. Daisy hat bestimmt eine total volle Blase.

Daisy trabt folgsam hinter mir her. Kassia rumort oben auf dem Dachboden herum, Jule schläft entweder noch oder sie ist bereits bei Eddy. Jedenfalls ist nichts von ihr zu hören.

Ich öffne die Haustür und bedeute Daisy mit der Hand, mir zu folgen. „Komm, Daisy, wir gehen in den Garten."

Daisy lässt sich unter dem Vordach auf der Türschwelle nieder und rührt sich nicht mehr vom Fleck.

„Come on, Daisy", holpere ich nun doch auf Englisch los, „we go into the garden now."

Daisy macht keinen Mucks. Irgendwie erinnert sie mich in dieser Haltung an die Porzellanhunde, die manche Leute auf ihrem Bücherregal stehen haben.

Vielleicht hat Paula ihr beigebracht, dass sie nicht aus dem Haus rennen darf. Eigentlich ziemlich schlau. In London ist ja ein mörderischer Straßenverkehr.

„Come on, Daisy!" Ich kann ihr ja schlecht vormachen, warum ich sie in den Garten locken will. Und eigentlich müsste sie das wirklich wissen.

Im Schlafanzug und barfuß ist es ziemlich ungemütlich hier draußen. Der Regen wird auch nicht weniger, im Gegenteil.

Ha! Plötzlich habe ich einen Geistesblitz. Vielleicht ist Daisy wasserscheu. Das sei bei Hunden gar nicht so selten, sagt Mama.

Gerade als ich überlege, ob ich Daisy für eine Sekunde alleine lassen kann, um einen Schirm zu holen, öffnet Sebastian Pfeffer trotz des strömenden Regens die breiten Flügeltüren zur Veranda seines Hauses.

Er ist mein Musiklehrer und wohnt mit Lukas und Jonas in der riesigen Villa nebenan. In dieser Villa wollte unsere Mutter eigentlich eine Tierklinik einrichten, aber das hat leider nicht geklappt. Eine Weile war echt Krieg zwischen unseren Familien. Aber jetzt nicht mehr. Jule hat es richtig erklärt.

„Hallo, Maxie!"

Ich kann nicht glauben, dass er mir sogar zuwinkt. Scheint ja heute supergut gelaunt zu sein. Er hat genauso lange Ferien wie wir und Jonas ist deshalb schon total genervt. Sein Vater läuft nämlich ständig hinter ihm her und will sich mit ihm unterhalten oder etwas unternehmen. Bis vor Kurzem haben sich die beiden überhaupt nicht gut verstanden. Aber das soll ab jetzt anders werden, hat sich Sebastian Pfeffer vorgenommen.

Nur blöd, dass er damit ausgerechnet in den Ferien anfängt. Jonas und ich haben echt keine Lust, seinen Vater an den See mitzuschleppen und mit ihm gemeinsam die Wasserrutsche runterzusausen. So was ist doch megapeinlich!

In dem Wohnzimmer mit den Flügeltüren steht Sebastian Pfeffers weißer Flügel. Er übt jeden Tag ein neues Stück und das ist überhaupt nicht nervig. Im Gegenteil! Er spielt nämlich ziemlich gut. Auch Mama gefällt das, obwohl sie sonst mit klassischer Musik nichts am Hut hat. Sie hört lieber Pop. Jedes Mal wenn er in die Tasten haut, macht sie die Praxisfenster sperrangelweit auf.

Jetzt öffnet er den Flügel und wühlt in einem Stapel Noten herum. Er legt bestimmt gleich los. Eigentlich super, denn dann wachen Jonas und Lukas wenigstens auf. Paula muss Jonas auf jeden Fall noch heute kennenlernen. Auch wenn das Baden ins Wasser fällt.

Sebastian schlägt ein paar laute Akkorde auf dem Klavier an und saust mit seinen Fingern über die Tasten. Das sind quasi Übungen zum Warmwerden. Dann spielt er eine einfache Melodie.

Ich fass es nicht: Das Stück kenne ich! Es ist von Mozart und es klingt wunderschön.

Papa hatte einen alten Plattenspieler und dazu einen ganzen Stapel Platten. Da ist diese Platte mit Musik von Mozart dabei. Die Sachen stehen jetzt in Kassias Dachkammer. Manchmal kann ich nicht schlafen, weil ich Papa so sehr vermisse. Dann schleichen Kassia und ich uns mitten in der Nacht nach oben und hören Papas Platten. Wenn ich eine Weile dabei geheult habe, geht es mir wieder besser.

Plötzlich stößt Daisy einen tiefen jammernden Ton aus. Das Geräusch geht mir durch Mark und Bein. Eine Sekunde später dreht sie vollkommen durch. Sie rast quer durch den Garten, bricht sich einen Weg durch den provisorischen Zaun, den unsere Mutter erst vor einer Woche eigenhändig gezimmert hat, und stürzt hinüber auf die Veranda.

Mit einem Riesensatz, beinahe als ob sie fliegen könnte, segelt sie in das Wohnzimmer und landet zielsicher auf Sebastians Schoß. Dann haut sie ihre Pfoten links und rechts auf seine Schultern und leckt ihm euphorisch das Gesicht ab. Dabei heult sie die ganze Zeit wie ein kranker Werwolf.

Ohne dass ich was dagegen tun kann, fange ich vor Schreck am ganzen Körper an zu zittern. Ich möchte zu Sebastian hinüberlaufen und ihn retten, aber meine Beine fühlen sich an wie Pudding. Vollkommen hilflos sacke ich auf das nasse Gras.

Gleichzeitig schlägt über mir ein Fenster klirrend gegen die Außenwand und Paula ruft verzweifelt: „Daisy? Daisy!"

„Oh nein!“

Bevor ich mich wieder einkriegen kann, stürmt meine Mutter an mir vorbei. Im Laufen verliert sie eine Sandale, aber das bremst ihre Geschwindigkeit nicht, im Gegenteil. Sie hechtet wie eine Hürdenläuferin über den zerstörten Gartenzaun und stürmt über die Veranda der Pfeffer'schen Villa ins Wohnzimmer, um Sebastian Pfeffer vor dem sicheren Herztod zu retten.

Denn auch wenn sich mein neuer Musiklehrer anstrengt, nicht mehr allen so auf den Nerven herumzutanzen und vor allem unsere Mutter nicht ständig auf die Palme zu bringen: Vor Tieren, egal ob es sich um winzige Mäuse oder um Dinosaurier handelt, hat er Todesangst und ist deshalb unberechenbar.

„Sebastian!“, brüllt meine Mutter. „Ich komme.“

Gerade als sie ihn aus Daisys Umklammerung retten will, hebt Sebastian Pfeffer wie ein Verkehrspolizist die Hand und ruft: „Halt!“ Er beginnt zu strahlen, als hätte er gerade ein besonders schönes Geburtstagsgeschenk ausgepackt oder den Hauptgewinn in einer Lotterie gewonnen. „So ein musikalischer Hund“, sagt er fast zärtlich. „Er mag Mozart.“ Er nimmt behutsam Daisys Pfoten und löst sich aus ihrem Würgegriff. Dann lässt er Daisy vorsichtig auf seine Füße plumpsen, während er versonnen weiterspielt und vor sich hin summt. Paulas Hund winselt leise dazu, mal hoch und mal tief – es klingt fast so, als hätte Daisy die zweite Stimme übernommen.

Mittlerweile hat sich Paula eilig angezogen und ist zu mir heruntergelaufen.

Ich schlüpfe hastig in herumliegende Gummistiefel. „Komm!“ Ich nehme Paula an die Hand und wir düsen ebenfalls hinüber in die Villa.

Schon auf dieser kurzen Strecke werden wir pitschnass, so heftig schüttet es. Völlig durchweicht stellen wir uns neben meine Mutter, aus deren Haaren Regenwasser auf den schönen Holzfußboden tropft. Aber das kümmert im Moment anscheinend niemanden.

Sebastian spielt gerade den allerletzten Akkord und lauscht dem Klang nach. Dann schaut er meine Mutter an und atmet tief durch. „Guten Morgen, Klementine“, sagt er. „Ist das heute nicht ein wunderschöner Tag?“ Er lächelt glücklich.

„Das ist mein Hund Daisy, sie tut nichts und ist normalerweise total brav“, platzt Paula heraus. „Sie ist ein Dalmatiner-Cockerspaniel-Mischling. Und ich bin Paula. Wir wohnen beide in London. Ich kenne Maxie schon ewig.“

Sebastian Pfeffer nickt erfreut. „Willkommen! Du kannst deine Daisy gerne bei mir lassen, wenn du was mit Maxie unternehmen willst. Ihr beide habt euch bestimmt eine Menge zu erzählen. Ich muss noch ein anderes Stück von Mozart für meinen Unterricht einstudieren und bin gespannt, ob es Daisy genauso gut gefällt. Womöglich könnte ich es sogar wagen, ihr meine neueste Komposition vorzuspielen. Was meinst du, Klementine?“ Er schaut meine Mutter erwartungsvoll an.

Meine Mutter ist ja normalerweise um keine Antwort verlegen. Das ist manchmal peinlich, manchmal zum Kichern und manchmal echt die Rettung – vor allem, wenn es um Schule geht und wieder einmal Beschwerden über uns Buntschuhs ins Haus flattern. Aber jetzt sagt meine liebe Mama keinen Pieps. Stattdessen starrt sie Sebastian mit diesem typischen Kassia-Blick an.

Der Kassia-Blick? Ach so, den muss ich wohl mal schnell erklären. Meine superschlaue Schwester Kassia, eines der nervigsten Wesen im gesamten Universum (manchmal jedenfalls), denkt ja, dass bei uns schon längst Aliens herumspazieren, ohne dass wir es wissen. Also nicht so etwas Albernes wie Vampire oder Untote, wie man sie überall in Filmen zu sehen bekommt. Nein, richtige Außerirdische von anderen Milchstraßen. Manchmal ist sie davon überzeugt, dass sie einen erkennt, und dann guckt sie so völlig … entrückt. Und genau auf diese Weise schaut meine Mutter Sebastian Pfeffer an.

Ich kann mir denken, warum. Wenn jemand, der so eine wahnsinnige Panik vor Tieren hat, dass er sein Klavier am liebsten auf einen garantiert tierfreien Planeten verfrachten würde, plötzlich unversehens mit einem ziemlich großen Dalmatiner-Mischling kuschelt und sich sogar von diesem ablecken lässt, ohne direkt danach den Notarzt zu rufen, dann können nur Aliens die Hand im Spiel haben.

Schade, dass Kassia nicht da ist. Das ist typisch für meine schlaue Schwester. Wenn es einmal wirklich spannend für sie wäre, putzt sie gerade ihr Teleskop oder lernt ein Fachbuch über UFOs auswendig.

„Klementine? Alles in Ordnung mit dir?“ Sebastian schnipst mit zwei Fingern vor dem Gesicht meiner Mutter herum. „Hast du meine Frage nicht verstanden? Meinst du, Daisy ist bereit für eine meiner eigenen Kompositionen? Ich will ihr feines Gehör natürlich auf gar keinen Fall überstrapazieren, nicht wahr, Daisyschatz?" Er beugt sich zu Daisy hinunter, die mit halb geschlossenen Augen auf seinen rechten Filzpantoffel sabbert, und zieht sie liebevoll am Ohr.

Hunde hassen es, wenn man sie an den Ohren zieht. Genauso wie Meerschweinchen, Giraffen und kleine Kinder. Ich warte darauf, dass Daisy jeden Augenblick nach Sebastian schnappt, stattdessen gibt sie ein Geräusch von sich, das sich beinahe wie Katzenschnurren anhört.

Kassia hat Recht. Die Aliens sind bereits unter uns. Ich muss mich so schnell wie möglich bei ihr entschuldigen. Allerdings habe ich mich getäuscht. Nicht Sebastian ist der Außerirdische, sondern Daisy. Oder warum verhält sie sich so seltsam? Vermutlich wird sie gleich wiehern wie ein Pony oder piepsen wie eine Maus. Ich habe das Gefühl, dass ich jeden Augenblick den Verstand verliere.

Plötzlich sagt meine Mutter: „Klarer Fall von Liebe auf den ersten Blick." Sie sieht erleichtert aus.

„Liebe?" Jetzt schaut Sebastian meine Mutter merkwürdig an. Er räuspert sich. „Äh, was meinst du denn mit *Liebe*, Klementine?" Er wird tatsächlich rot.

„Na, Daisy hat sich schlagartig in Mozart verliebt und du hast dich deshalb in Daisy verliebt, und jetzt ist Daisy auch in dich verliebt. Und das alles ziemlich plötzlich – präziser gesagt auf den ersten *Ton*."

Paula bekommt einen Lachanfall. „Tante Klementine, du hast vielleicht verrückte Ideen", prustet sie.

Sebastian Pfeffer zieht die rechte Augenbraue hoch. „Allerdings! Was für ein absurder Gedanke, um nicht zu sagen richtig peinlich, mir so etwas Aberwitziges zu unterstellen. Ich dachte, du als Tierärztin erkennst natürlich sofort das außergewöhnliche musikalische Talent dieses Hundes. Eine Begabung muss man fördern und sich nicht darüber lustig machen. Egal ob beim Menschen oder bei Tieren." Er beißt sich eingeschnappt auf die Unterlippe.

Meine Mutter kichert so unbefangen los wie sonst nur meine kleine Schwester Jule. „Ich finde es ziemlich lustig, wie du dich herausreden willst. Ein typisches Verhalten für jemanden, der bis über beide Ohren verliebt ist." Sie schaut ihn herausfordernd an. „Gestehen Sie, Herr Pfeffer!"

Ich könnte mich echt schlapplachen. Irgendwie macht es meiner Mutter total Spaß, Sebastian Pfeffer zu ärgern. Er kann doch nicht wirklich glauben, dass Mama ernsthaft denkt, dass Daisy und er ineinander verliebt sind ... Aber so pikiert, wie er guckt, tut er das tatsächlich! Na, dann kriegt Paula wenigstens gleich die richtige Ladung Sebastian Pfeffer quasi auf den Frühstücksteller serviert.

Apropos Frühstück – mein Magen knurrt auf einmal ganz schrecklich. Wir stehen uns hier ja auch schon die ganze Zeit die Beine in den Bauch, ohne einen Krümel gefrühstückt zu haben. Und das alles nur, weil Daisy Pipi musste.

Was sie immer noch nicht gemacht hat in der ganzen Aufregung. Oh nein! Wahrscheinlich passiert es auf dem Filzpantoffel oder so. Ich gebe Paula verstohlene Zeichen, dass wir möglichst schnell Land gewinnen sollten. Aber die ist vollkommen aus dem Häuschen darüber, dass Daisy sich so bei meinem Musiklehrer einschleimt, dass sie Herrn Pfeffer hingerissen anstrahlt und den Ernst der Lage nicht erfasst.

„Was ist denn hier für ein Krach? Hat man nicht mal in den Ferien seine Ruhe?" Plötzlich steht Jonas im Pyjama in der Tür und reibt sich verschlafen die Augen.

Hihi – der sieht ja vielleicht witzig aus! Er trägt einen Schlafanzug, auf den jede Menge Hundebabys aufgedruckt sind, und zwar ausgerechnet Dalmatiner.

Ich an seiner Stelle würde vor Scham sofort tot

umfallen, so unangenehm wäre es mir, wenn mich ein fremdes Mädchen in Klamotten für Kleinkinder sehen würde. Schließlich wird Jonas bereits dreizehn. Entweder hat er sich diesen Schlafanzug selbst ausgesucht, weil er ja ganz verrückt nach Tieren ist, aber keine eigenen haben darf, oder er hat ihn von seiner Mama bekommen. Sebastian Pfeffer würde ihm vermutlich höchstens einen mit Noten darauf kaufen.

In diesem Augenblick macht Daisy durch herzhaftes Gähnen auf sich aufmerksam. Mit ihrem Dalmatinerfell sieht sie dem hundebetupften Jonas direkt ein bisschen ähnlich.

Ein hysterisches Kichern steigt in mir hoch. Paula scheint dasselbe zu denken, denn ihre Schultern zucken plötzlich recht bedenklich.

„Jonas!“, ruft Sebastian Pfeffer überschwänglich. „Guten Morgen, mein lieber Sohn! Stell dir vor, ich habe ganz unerwartet Besuch von einem überaus reizenden Hund bekommen. Daisy ist Engländerin und liebt Mozart, ist das nicht großartig?“

Er bückt sich hinunter und schaut Daisy tief in die Augen und für einen verrückten Augenblick glaube ich, dass er sie auf ihre Hundeschnauze küssen wird. Ihhhhhh, wie eklig ist das denn?

Jonas reißt den Mund auf und stammelt so etwas

Ähnliches wie: „Ahhhh...ggggrrrrr..." Mehr kriegt er nicht heraus.

Ich kann ihm das echt gut nachfühlen. Es ist nicht schön zu beobachten, wenn Eltern den Verstand verlieren. Denn anders ist Herrn Pfeffers plötzliche Hundeliebe nicht zu erklären.

Bereits ein zweites Mal an diesem Morgen wünsche ich mir sehnlichst meine Schwester Kassia herbei. Überschlau wie sie ist, wüsste sie bestimmt, wie man Jonas nach so einem Schock wieder auf *normal* beamt.

Aber Kassia ist nicht da. Also sage ich so sachlich wie eine Nachrichtensprecherin im Fernsehen: „Es ist alles okay, Jonas. Paula ist gestern aus London gekommen und hat als Überraschung ihren Hund Daisy mitgebracht. Weil Daisy heute Früh mal musste, während Paula noch schlief, bin ich mit ihr Gassi gegangen und da hat dein Vater gerade Mozart auf dem Flügel gespielt. Das hat Daisy so gut gefallen, dass sie schnell mal gucken musste, wo die schöne Musik herkommt. Dein Papa hat sich gefreut, dass sogar Hunde sein Klavierspiel mögen. Nun sind die beiden ineinander verliebt ..."

Ahhh! Der letzte Satz war eindeutig überflüssig. Ich könnte mir auf die Zunge beißen, aber er ist schon raus.

„Mein Vater ist in einen Hund verliebt?“, ächzt Jonas.

Ich gebe es ja zu: Das klingt ungefähr so unwahrscheinlich wie eine Eins in Deutsch auf meinem Halbjahreszeugnis. Momentan stehe ich mal wieder auf einer glatten Vier.

„Na ja, verliebt ist vielleicht etwas übertrieben“, kichert Paula. „Aber zumindest kann dein Papa meinen Hund supergut leiden. Ist er immer so tierlieb? Übrigens: cooler Schlafanzug.“ Sie lächelt Jonas zuckersüß an.

Jonas schaut Paula mit einem Blick an, den ich noch nie zuvor an ihm gesehen habe. Seit ich ihn kenne, guckt er meistens grimmig oder genervt, manchmal auch traurig. Nur als wir vor einiger Zeit die Käfer und Nacktschnecken im Bett seines Vaters versteckt haben, war er mal richtig ausgelassen. Dieser neue Blick an ihm ist irgendwie bewundernd und – wenn ich mich nicht ganz täusche – gleichzeitig ein wenig furchtsam.

Jonas sagt zögernd: „Bist du eine Zauberin oder was? Mein Vater kann Tiere normalerweise nicht ausstehen.“

Ich breche gleich zusammen. Jonas glaubt tatsächlich, meine Uralt-Freundin Paula ist eine Hexe!

Simsalabim. Ich verhexe mal eben deinen Vater.

„Meine Daisy ist ja auch nicht *irgendein* Hund“, sagt Paula etwas zu eingebildet für meinen Geschmack, ohne die Sache mit ihren Hexenkünsten aufzuklären. „Sie ist eben ein ganz *besonderer* Hund. Einer, den es kein zweites Mal gibt. Das sieht man doch auf den ersten Blick.“ Sie zwinkert Jonas zu.

Simsalabim.

Jonas nickt eifrig. „Ja, sie ist wirklich toll. Das habe ich natürlich sofort bemerkt. Und du findest meinen Schlafanzug nicht ein wenig zu albern?“ Er lächelt verklärt.

Simsalabim.

„Aber gar nicht. Total putzig!“ Sie strahlt ihn an.

Simsalabim.

Ich habe meine Freundin unterschätzt. Simsalabim. Jonas ist verhext. Oder warum schaut er Paula so bewundernd an? Ist das peinlich! Ich wäre gerade am liebsten auf dem Mars.

Im selben Augenblick macht der einzigartige Hund eine riesige Pfütze auf den Holzfußboden.

„Daisy!“, rufen meine Mutter und ich gleichzeitig. Und meine Mutter fügt empört hinzu: „Pfui! Bist du ein ungezogener Hund.“ Als Fachfrau ist sie immer besonders kritisch.

Sebastian Pfeffer lächelt milde. „Kein Grund zur Aufregung. Das wische ich im Nu weg. Wenigstens hat sie meine Filzpantoffeln verschont. Daisy ist eben wirklich ein schlauer Hund."

Mein Magen beginnt zu grummeln wie ein herannahendes Gewitter.

Meine Mutter nickt mir zu. „Nach dieser ganzen Aufregung brauche ich dringend einen Kaffee. Wie wäre es mit einem gemeinsamen zweiten Frühstück?" Sie schaut Sebastian Pfeffer fragend an.

Zu meiner Erleichterung schüttelt er den Kopf. „Vielen Dank, wirklich sehr nett. Aber dieser reizende Hund hat mich zu einer Komposition inspiriert, die ich sofort auf das Notenblatt bringen will, bevor ich sie wieder vergesse. Eine Hunde-Rhapsodie."

Er lässt seine Finger über die Tasten gleiten. Hört sich gut an, das muss ich zugeben. Ohne uns länger zu beachten, schnappt er sich einen Bleistift und beginnt eifrig, Noten auf Notenlinien zu kritzeln.

„Auch gut", sagt meine Mutter. Aber irgendwie klingt ihre Stimme ein wenig enttäuscht. Sie bleibt unentschlossen stehen und schaut zu, wie Sebastian summend weiter komponiert.

„Ich esse aber gerne mit", mischt sich Jonas ein. „Ich möchte von Paula so viel wie möglich über London erfahren. England ist mein absolutes Traumland. Ich will dort nächstes Jahr zum Schüleraustausch hin."

Das ist ja sehr interessant.

Bis jetzt war Jonas' Traumland nämlich Amerika, weil dort seine Mutter wohnt. Aber ich verkneife mir im letzten Moment eine spöttische Bemerkung. Ich fühle mich total ausgehungert und habe keine Energie zum Ärgern.

„Du kannst uns gerne besuchen", sagt Paula. „Ich bin sowieso die meiste Zeit mit irgendwelchen Kindermädchen alleine, weil meine Mama so viel arbeiten muss."

Jonas nickt begeistert. „Cool! Ich komme ganz bestimmt."

Meine Mutter macht dem schrecklichen Gesäusel ein Ende. „Bevor ihr weiter großartige Reisepläne schmiedet, schlage ich vor, dass wir erst mal Pfannkuchen mit Ahornsirup zum Frühstück backen, bevor meine nächsten Patienten antanzen. Ich bin heute zwar nur für den Notdienst eingeteilt, aber ich habe an diesem Vormittag schon drei Hundepfoten, ein Katzenohr und zwei Hamster mit Bauchweh verarztet. Ich habe Hunger und Durst." Sie geht entschlossen los.

Habe ich schon gesagt, dass meine Mama die Beste auf der ganzen Welt ist? Sie spricht mir gerade echt aus der Seele.

Eine gute Stunde später bin ich froh, dass unser gemeinsames Frühstück vorbei ist und dass ich mich mit den restlichen Pfannkuchen in Kassias Dachzimmer verziehen kann.

Und zwar *ohne* Jonas! Der verbringt nämlich mit seinem Vater und seinem Bruder Lukas den restlichen Ferientag in einem Vergnügungspark. Das gehört zu dem neuen Vater-Sohn-Programm, das sich Sebastian Pfeffer selbst verordnet hat.

Normalerweise wäre ich riesig gerne dabei gewesen. Die neue Geisterbahn, durch die man auf einer Art Luftmatratze hindurchdüsen kann, soll supershocking sein. Aber heute hat mich Jonas echt genervt.

Als der erste Pfannkuchen in Butter brutzelte, ist meine Schwester Kassia mit überall Spinnweben im Haar aufgetaucht. Vermutlich hat sie wieder an ihrem Weltraum-Teleskop herumgeschraubt und das steht nun mal zwischen den Holzbalken auf dem

Dachboden. Sie kann sich tagelang nur mit so einem Kram beschäftigen.

Das Einzige, was ihr wichtiger ist als ihre Milchstraßen-Forschung, ist irdische Nahrungsaufnahme. Der winzigste Essenduft lockt sie aus dem hintersten Winkel hervor und dann macht sie sich gnadenlos über alles her, was sie auf ihre Gabel gestapelt kriegt. Am besten man baut eine Schutzmauer um seinen eigenen Teller auf, damit sie einem nicht ständig die Leckerbissen klaut.

Aber selbst Kassia ist aufgefallen, dass Jonas gar nicht dazu kam, seine übliche Menge Pfannkuchen in sich hineinzuschaufeln. So sehr war er damit beschäftigt, sich mit Paula zu unterhalten.

Schließlich wollte Jonas sogar wissen, ob Paula schon mal bei der Queen zum Tee gewesen ist.

Wenn ich ihn nicht schon eine ganze Weile kennen würde, hätte ich spätestens dann geglaubt, der Junge hat einen Dachschaden.

Paula fand das jedoch eher witzig und prustete einen ganzen Mund voll Zimtzucker über unsere Teller. Darauf plumpste Daisy wie ein Mehlsack auf den Küchentisch und leckte gierig den Zucker auf.

Bis auf eine alte Schüssel ging zum Glück nichts zu Bruch, aber unsere Mutter hätte uns wahrscheinlich einen ewig langen Vortrag über ungezogene Hunde gehalten, wenn nicht ein vollkommen aufgelöster Mann mit seinem süßen Albino-Meerschweinchen Sturm geklingelt hätte. Das Tier war vom Balkon gefallen und hatte sich wahrscheinlich den Hinterlauf verstaucht oder sogar gebrochen. Sein Besitzer hatte vor Aufregung schrecklichen Schluckauf.

Unsere Mutter unterbrach ihren Vortrag mitten im Satz und stürmte in die Praxis, während Jule dem Mann ein Zuckerstückchen gegen den Schluckauf gab.

Ich war total erleichtert. Mama kann manchmal von einer Sekunde auf die andere furchtbar nervig werden. Besonders wenn es um Hunde-Erziehung geht.

Nachdem Paula und ich das Küchenchaos einigermaßen beseitigt hatten, lud uns Kassia gnädigerweise in ihr Dachzimmer ein. Vermutlich weil ich sie mit meiner Hunde-Alien-Geschichte neugierig gemacht hatte und nicht aus tiefer schwesterlicher Liebe.

Wir machen es uns also in ihrer tollen Kammer bequem. Es regnet immer noch wie aus Eimern. Aber direkt unter dem Dach klingt es ziemlich gemütlich, wenn die Regentropfen wie ein Trommelfeuer auf die Schindeln prasseln.

„Auf den ersten Blick ist nichts zu erkennen. Pupillengröße vollkommen normal." Kassia schaut Daisy mit einer Lupe in die Augen und schüttelt ratlos den Kopf.

Damit Daisy stillhält, habe ich aus der Tierarztpraxis unserer Mutter eine Tüte Hundekekse gemopst. Die kaut der Dalmatiner voller Begeisterung und lässt Kassias Alien-Test gutmütig über sich ergehen.

Da Daisy auf Kassias Fragen außer mit einem freudigen *Wuffwuff* für jeden Hundekeks nicht reagiert, kommt meine Schwester zu keinem endgültigen Ergebnis.

„Ich glaube nicht, dass Daisy ein Alien ist. Dazu ist sie viel zu süß. Vielleicht ist Daisy ja einfach ein Sprachtalent. Ich habe mal eine Sendung im Fernsehen gesehen, da konnte eine Katze das Wort *Mama* sagen“, mischt sich Jule ein.

„Na klar“, kreische ich. „Miaumma!“

Paula kriegt sich gar nicht mehr ein vor Lachen. Sie miaut lauthals los.

Selbst Kassia kann sich ein breites Grinsen nicht verkneifen.

Wir miauen zu dritt und zwar so echt, dass Daisy wütend zu bellen anfängt. Das hört sich wie ein ganz normaler Hund an, der Katzen am liebsten zum Frühstück verspeist.

Vielleicht ist das der Grund, warum sich Jules rothaariger Kater Chili nicht mehr blicken lässt. Er weiß wohl, dass schwere Zeiten für ihn angebrochen sind, seit wir einen unberechenbaren Hundegast im Haus haben.

Jedenfalls: Jule macht auf schwer beleidigt. Sie pflanzt sich mit vorgeschobener Unterlippe auf Kassias Matratzenlager, schnappt sich ein zerfleddertes Mickymausheft vom Bücherregal und tut so, als wären wir alle Luft für sie.

Paula interessiert sich neuerdings für Sternenforschung (auch wenn sich das eher auf Horoskope bezieht) und lässt sich von Kassia das Teleskop in allen Einzelheiten erklären.

Und Daisy macht noch einmal erschöpft *Wuff*, bevor sie sabbernd einschläft.

Mir ist das recht. So kann ich mich wenigstens um Herrn Schiller kümmern. Der Arme ist sei Paulas Ankunft extrem zu kurz gekommen. Herr Schiller ist mein bester Freund, seit ich ihn mit einem gebrochenen Flügel im Wald gefunden habe. Ohne Herrn Schiller, der supermusikalisch ist, wie ich bereits erzählt habe, hätten Jonas und ich uns nie angefreundet und nie den (fast) ersten Platz bei einem Bandwettbewerb gemacht.

Normalerweise schläft Herr Schiller in meinem

Zimmer. Morgens, wenn ich noch so richtig müde bin und die Augen einfach nicht aufkriege, zwickt mir diese total süße Krähe ganz sanft ins Ohrläppchen. Manchmal rappt er sogar ein paar Takte alleine vor sich hin. Ist das nicht verschärft?

Ohne Herrn Schiller würde es mir jeden Morgen total mies gehen, denn Schule ist einfach nicht mein Ding. Sofort wenn ich die Augen aufschlage zu wissen, dass ich jetzt wieder ein paar Stunden ruhig auf meinem Po sitzen und lernen muss, setzt mir oft ganz schön zu.

Aber wenn ich in die schwarzen Knopfaugen meiner Krähe sehe, fühle ich mich schon viel besser. Und manchmal fällt mir dann noch vor dem Frühstück ein cooler Song ein oder wenigstens der Text dazu. Da geht es mir genauso wie Sebastian Pfeffer. Ihm ist ja auch eine Melodie in den Sinn gekommen, als er Daisy angeguckt hat. Manchmal denke ich, die Texte stecken in Herrn Schillers Kopf und ich lese sie nur ab, wenn ich ihn anschaue. Total crazy, oder?

Momentan nächtigt er allerdings bei Kassia.

Warum? Na, ist doch klar. Hunde und Krähen in einem Zimmer – so prickelnd kommen diese Tierarten nicht miteinander aus. Daisy hat es fertiggebracht, Herrn Schiller direkt nach ihrer Ankunft eine blauschwarze Feder abzujagen. Deshalb hat Mama meine Krähe kurzerhand zu Kassia ausquartiert. Zu ihrer eigenen Sicherheit, wie sie sagt.

„Hey, komm runter mein Süßer!“, rufe ich ihm so leise zu, dass ich Daisy nicht aufwecke. „Ich hab dich heute Nacht vermisst.“

Herr Schiller sitzt schon, seit ich auf dem Dachboden aufgetaucht bin, auf dem höchsten Balken und beobachtet mich regungslos. Er sieht dabei ein bisschen wie der verzauberte Prinz aus einem furchtbar gruseligen Märchen aus.

Auf einmal habe ich eine spitzenmäßige Idee: Vielleicht sollte ich ihm für unseren nächsten Auftritt einen neuen Namen geben. „Prinz von Schiller!“, murmele ich vor mich hin. Das hört sich sehr edel an.

„Was sagst du dazu, Herr Schiller?“, frage ich ihn aufgeregt. „Begrüßen Sie unsere rappende Krähe, den einzigartigen und wunderbaren Prinzen von Schiller!“, ahme ich einen Bühnenmoderator nach.

„Krahkrahkrah!“

Herr Schiller segelt auf meine linke Schulter und pickt begeistert auf meinem Kopf herum. Ahhhh. Scheint ihm zu gefallen. Dann muss aber auf der Stelle auch ein neuer Song her.

Hey, Prinz von Schiller:
Du bist ein echter Thriller!
Mit Blaublut-Gefieder
rappst du die bösen Geister nieder.
Verwunschen von Hexen,
verfolgt von schwarzen Echsen,
kämpfst du mit jeder Schlangenbrut.
Dein Zorn, der tut uns allen gut!

Cool! Ich bin von mir selbst überrascht.

Ganz ehrlich – seit Jonas und ich mit Herrn Schiller bei diesem Bandwettbewerb *nur* den zweiten Platz gemacht haben (meistens sage ich ja *fast* Erster), habe ich keinen einzigen Song mehr geschrieben. Tief drinnen in meinem Herzen war ich wahrscheinlich doch enttäuscht. Auch wenn ich es niemandem gezeigt habe, nicht einmal Mama. Aber dieser Text könnte Jonas gefallen. Und vielleicht machen wir ja doch mit dem Rappen weiter, einfach aus Spaß, ohne dass wir unbedingt einen Preis gewinnen wollen.

Plötzlich finde ich es schade, dass Jonas nicht da ist. Eigentlich möchte ich ihm meinen Rap sofort vortragen. Mich beschleicht das doofe Gefühl, dass ich vorhin vielleicht einfach ein bisschen eifersüchtig war, weil er Paula so angehimmelt hat.

DU BIST EIN EC TER THRIL

Halt! Nicht dass jetzt jemand auf die durchgeknallte Idee kommt, ich wäre in Jonas verliebt. Ich bin ja nicht von allen guten Geistern verlassen. Jonas ist Jonas und seit Kurzem mein bester Kumpel. Nicht mehr und nicht weniger.

Und Paula ist meine beste Freundin, das hat ja jetzt mittlerweile jeder kapiert.

Da ist es eigentlich das Allerbeste, was mir passieren konnte, dass meine beste Freundin meinen besten Kumpel mag und umgekehrt er sie auch. Oder? Verknallt muss man dafür gar nicht sein.

Ich schäme mich ein bisschen. Bis jetzt habe ich immer gedacht, ich bin nicht so zickig wie alle anderen Mädchen. Und jetzt denke ich haargenau den gleichen Mist. Aber das war hoffentlich nur ein Ausrutscher. Paula ist wohl einfach nur ein wenig aufgekratzt gewesen heute Früh und Jonas zufällig auch. Na und?

Erleichtert reibe ich meine Wange an Prinz von Schillers Köpfchen. Zum Glück habe ich ja noch gemerkt, wie doof ich mich aufführe.

An Liebe und den ganzen Kram will ich echt noch gar nicht denken. Mama macht das schließlich auch nicht. Seit unser Papa mit seinem Hubschrauber abgestürzt ist, hatte sie noch keinen neuen Freund. Sie hat ja uns drei und die vielen Tiere, die sie wieder gesund macht, sagt sie immer.

Finde ich gut. Ich sehe ja, was passiert, wenn man erst mal damit anfängt, sich zu verknallen. Jana und Tim aus meiner Klasse hängen nur noch zusammen ab. Als Tim vor den Ferien nicht in die Schule gehen durfte, weil er Scharlach hatte, wollte niemand mehr mit Jana in der Pause herumstehen, weil sie sich vorher so affig benommen hatte. Sie tat mir richtig leid. Aber als ich dann mit ihr geredet und ihr Fotos von unseren neuen Springmäusen gezeigt habe, hat sie gleich wieder nur von Tim angefangen.

Wie dumm ist das denn?

Ich weiß übrigens schon, welche Textzeilen Jonas am besten gefallen werden:

Mit Blaublut-Gefieder
rappst du die bösen Geister nieder.

Jonas ist sich nämlich sicher, dass Herr Schiller eine verwunschene Krähe ist. Allerdings kein verfluchter Prinz, sondern ein besonderer Zauberer, dem seine magischen Kräfte geraubt wurden. Und dass es kein Zufall war, dass ich ihn im Wald gefunden habe. Hm. Weiß nicht, was ich davon halte.

Jedenfalls kann er rappen. Ob er ein Zauberer ist oder nicht. Und das alleine ist bereits magisch.

Ich erfinde auf gut Glück eine Melodie und spreche den Text dazu.

Prinz von Schiller hüpft aufgeregt von meiner linken Schulter auf meine rechte und wieder zurück. Schließlich krallt er sich sogar in meinen Haaren fest. Dazu krächzt er in allen Tonlagen.

„Was ist denn mit Herrn Schiller los?", fragt Kassia beunruhigt und schaut von ihrem Teleskop auf. „Hat er Bauchweh?"

Eines muss man ihr lassen: Seit unsere Mutter ihr Herrn Schiller anvertraut hat, fühlt sie sich auch wirklich für sein Wohl verantwortlich. Das finde ich echt gut. Es fällt mir schon so schwer, ihn nicht ständig um mich zu haben.

„Alles okay", sage ich beruhigend. „Ich habe ihm nur einen nagelneuen Rap vorgesungen und ich glaube, er findet ihn gut. Deshalb krächzt er gerade so überdreht mit."

Paula guckt neugierig. „Cool! Studierst du den gerade mit ihm ein? Vielleicht kann Herr Pfeffer mit Daisy auch einen Song einüben. Er hat doch gesagt, sie sei so musikalisch. Dann könnten wir mal alle zusammen auftreten. Du, Jonas, ich, Kassia, Jule,

Jonas' Bruder Lukas, unsere Haustiere und Herr Pfeffer am Klavier. Was glaubst du, wie die Leute gucken würden. Kann Tante Klementine auch ein Instrument spielen? Blockflöte würde gut dazu passen. Sie war doch mal im Chor!"

Komischerweise bin ich nicht ganz so begeistert wie Paula. Ich habe keine Lust auf die Wiedergeburt der Kelly Family. Das war so eine Großfamilie, die singend durch die Welt gezogen ist und schließlich megareich und berühmt wurde. Mama hat noch ein paar alte Platten von ihr.

„Das kannst du total vergessen", sage ich schnell. „Mama und Sebastian Pfeffer, das geht immer nur für ein paar Minuten gut oder wenn sie gerade mal wieder Waffenstillstand geschlossen haben und gemeinsam über uns Kinder herziehen. Wenn die was zusammen einstudieren müssten oder auf einer Bühne auftreten, würde das enden wie ein Ringkampf im alten Rom." Ich muss kichern, weil ich mir das ein wenig genauer vorstelle. Und zwar ungefähr so:

Sebastian Pfeffer steht in einem Lederlendenschurz und mit wildem Blick in der Arena, die geballten Fäuste zum Ringkampf bereit, und unsere Mama kommt gerade unter großem Jubel in das Stadion. Sie hat deutlich mehr Fans als Sebastian. Das liegt daran, dass sie superschön ist mit ihren blitzblauen Augen und einem langen geflochtenen Zopf, den sie als Waffe benutzt. Vor dem Kampf schmust sie noch mal schnell mit ihren Löwenbabys, die sie überallhin begleiten und denen sie das Leben gerettet hat, und dann legt sie los. Sie schleudert ihren Zopf wie ein Lasso in Sebastians Richtung, dieser wickelt sich um seine Beine und – zack – hat er keinen Boden mehr unter seinen Sandalen. Er liegt keuchend im Staub und bettelt um Gnade. Na ja, und so weiter. Mal gucken, ob mir dazu auch noch irgendwann ein Rap einfällt. Der würde dann ungefähr so klingen:

Klementine, die ist cool,
die liegt nicht nur an einem Pool.
Sie kämpft den Kampf mit bloßer Hand,
ist deshalb überall bekannt.
Sebastian, der Noten-Krieger,
dichtet zu Hause tolle Lieder.
Doch im Kampf ringt sie ihn nieder.
So eine Heldin gibt's nie wieder.

Ich fasse es nicht! Wochenlang fiel mir gar nichts ein und plötzlich gleich zwei Raps hintereinander. Paulas Gegenwart scheint mich zu beflügeln.

„Ach, du meinst, die beiden würden aufeinander losgehen wie in Gladiatorenfilmen“, unterbricht Kassia meine Gedanken.

Ich nicke zustimmend. Wir sind uns ausnahmsweise mal einig und strecken die Daumen hoch. Sebastian Pfeffer und unsere Mutter benehmen sich wie Krieger im alten Rom. Aufgekratzt erzähle ich meine Schaukampf-Fantasie.

Kassia lacht sich schlapp. „Das mit dem Zopf finde ich besonders cool“, sagt sie. „Mama könnte sich ja mal die Haare lang wachsen lassen. Für alle Fälle …“

Paula hat schweigend zugehört. Anscheinend findet sie die Vorstellung nicht so lustig wie wir. Schließlich schüttelt sie sogar heftig den Kopf und springt auf. „Also, ich weiß echt nicht, an was für einem Quatsch ihr gerade herumspinnt!“, ruft sie im Brustton der Überzeugung. „Von wegen Krieger und so. Tante Klementine und Sebastian Pfeffer sind bis über beide Ohren ineinander verknallt. Das sieht sogar ein Blinder!“

„Fragt doch einfach Jonas!“, wiederholt Paula stur. „Dem ist das bestimmt auch schon aufgefallen.“

Sie hat mit ihrer Behauptung, dass Mama und Sebastian Pfeffer ineinander verknallt sind, höchsten Alarm bei Kassia und mir ausgelöst. Ich schäme mich fast ein wenig für meine beste Freundin. Wie kann sie so einen gequirlten Quark daherreden? Schließlich hat sie unsere Mutter ein ganzes Jahr lang nicht gesehen und die Pfeffers hat sie erst vor einigen Stunden kennengelernt.

Ausgerechnet jetzt mischt sich Jule ein. Ich hatte sie ganz vergessen, so mucksmäuschenstill hing sie die ganze Zeit auf den Matratzen herum. Wenn sie einmal eingeschnappt ist, dann nämlich richtig.

„Glaubst du das in echt, Paula?“, fragt sie interessiert. „Wenn Mama und Herr Pfeffer verliebt sind, dann teilen sie doch bestimmt alles miteinander, oder? Ihre Kinder, die Praxis und Sebastians Klavierflügel“, zählt sie auf. „Dann müsste Sebastian Pfeffer

die halbe Praxis putzen, und ich dürfte auf dem Klavierflügel spielen, wann immer ich Lust darauf habe, weil er dann auch uns gehört. Das fände ich total cool. Aber Mama soll weiter mein Schulbrot schmieren. Das bekommt Sebastian bestimmt nicht so gut hin."

Mir fehlen die Worte. Meine kleine Schwester verschachert unsere Mutter an Sebastian Pfeffer, damit sie seinen Flügel kriegt. Hoffentlich hat sie mich nicht auch schon verplant.

Jule schmeißt das Mickymausheft achtlos in die Ecke. „Kassia, wie viele Tasten hat ein Klavier?", fragt sie mit roten Wangen.

„Achtundachtzig", antwortet Kassia wie aus der Pistole geschossen. „Zweiundfünfzig weiße und sechsunddreißig schwarze Tasten."

Sie ist wirklich ein wandelndes Superhirn, stelle ich bewundernd fest. Wie kann sie sich das alles nur so gut merken? Ich merke mir gerade mal, wann ich morgens zur Schule gehen muss.

„Danke, Kassi", sagt Jule eifrig. „Ich will nämlich ausrechnen, wie viele davon in Zukunft mir gehören. Maxie, willst du überhaupt Tasten abhaben? Du spielst doch gar nicht gerne Klavier. Und Kassia auch nicht. Ihr könntet mir euren Anteil überlassen, dann habe ich mehr. Dafür gebe ich euch was anders von Sebastian ab, ich weiß nur noch nicht genau, was."

Paula fängt schon wieder an zu kichern. „Du hast eine echte Vollmeise, Jule", sagt sie. „Wie stellst du dir das vor? Willst du den Flügel zersägen?"

Ich habe keine Lust, Jule auf so einen Blödsinn zu antworten, und Kassia anscheinend auch nicht. Sie schaut durch ihr Teleskop in den wolkenverhangenen Himmel, dann ist sie ohnehin nicht ansprechbar.

Das kapiert sogar Jule. Sie nimmt sich einen Block und fängt an, die Klaviertasten aufzuzeichnen. Dabei führt sie unentwegt Selbstgespräche. Total nervig. „Die drei weißen Tasten sind für Maxie, Kassia kriegt die schwarzen Tasten darüber und die ganze Reihe ist für mich."

Wenn ich meine kleine Schwester Jule nicht so gut kennen würde, müsste ich wirklich fürchten, dass sie nicht mehr alle Tassen im Schrank hat. Aber sie nimmt einfach immer alles sehr wörtlich und hat eine Menge Fantasie.

Irgendwie bin ich auf einmal ziemlich beunruhigt. Ich habe nicht einmal mehr Lust weiterzurappen. Auch wenn ich keine Silbe des Gerüchts glaube, das Paula in die Welt gesetzt hat.

Ich schaue aus dem Dachfenster. Es hat aufgehört

zu regnen. Aber an einen Ausflug an den See ist heute nicht zu denken. Echt schade. Ich habe keine Lust länger drinnen herumzuhängen und mir komische Sachen über meine Mutter und ihr Liebesleben anzuhören.

Hoffentlich kommt die Pfefferbande bald aus dem Vergnügungspark zurück. Ich möchte Jonas unbedingt fragen, ob er etwas Verdächtiges bemerkt hat. Aber am besten mache ich das, ohne dass Paula dabei ist. Sonst bildet sie sich noch etwas darauf ein, dass sie mich auf diesen Gedanken gebracht hat. Eigentlich ist das nämlich eine Sache, die nur Jonas und mich etwas angeht. Schließlich sind wir die ältesten Kinder unserer laut Paula verliebten Eltern.

Ich grüble, wie Paula auf so eine Idee kommt. Plötzlich habe ich die Lösung. Vielleicht hat ihr Verdacht ja etwas mit ihrem eigenen Leben zu tun. „Hat deine Mama eigentlich einen neuen Freund?“, frage ich sie rundheraus.

Paulas Mutter Penny ist geschieden und hatte wohl ganz schön viel Stress mit Paulas Vater. Seit einiger Zeit ist er wieder neu verheiratet und hat einen kleinen Sohn. Er heißt Ronnie und ist logischerweise Paulas Halbbruder. Aber sie kennt den Kleinen gar nicht richtig. Auch ihren Vater sieht sie megaselten.

Nicht weil er weit weg wohnt so wie Jonas' Mutter, sondern weil er nie Zeit hat und lieber etwas mit seiner neuen Familie unternimmt. Ganz schön traurig.

„Wie kommst du denn auf den Unsinn? Mama sitzt doch rund um die Uhr in ihrem Hubschrauber und rettet Leute", antwortet Paula mir empört. „Wenn sie einen Freund hätte, würde sie mir das als Erstes erzählen. Aber sie sagt immer, dass sie von Männern die Nase voll hat."

Ich grinse. Es beruhigt mich, dass Paula sich genauso aufregt wie ich mich selbst vor ein paar Minuten. Manchmal tut sie nämlich so, als hätte sie die Weisheit mit Löffeln gefressen, und das nervt mich. Weil ich gerade so schön in Fahrt bin, stichle ich gleich noch ein wenig weiter. „Findest du selbst denn einen Jungen cool?" Ich beobachte sie bei meinem nächsten Satz genau. „Jonas und du, ihr wart ja gleich dicke Freunde vorhin beim Frühstück. Das war richtig auffällig." So, jetzt ist es raus. Und ich muss zugeben, dass ich mich gleich besser fühle.

Paula wird knallrot. „Bist du bescheuert?", kreischt sie hysterisch los. „Nur weil ich mit Jonas über London gequatscht und ihn eingeladen habe? Behalt deinen süßen Jonas doch selbst, ich will ihn echt nicht geschenkt

haben. Jungs sind eh alle bescheuert und küssen ist eklig." Sie stürmt aus der Dachkammer und knallt die Holztür hinter sich zu.

„Was ist denn mit der los?", frage ich verblüfft.

Kassia schnaubt überlegen. „Weißt du das wirklich nicht?", fragt sie. Sie gluckst wie eine Lachtaube. „Ich würde sagen, du hast einen Volltreffer gelandet, Schwesterherz."

Jule beginnt auf dem Matratzenlager auf und ab zu springen. „Die Paula ist verkna-a-a-llt, die Paula ist verkna-a-a-llt, die Paula ist in Jonas verkna-a-a-llt, Mama ist verkna-a-a-llt, Sebastian ist verkna-a-a-llt, die Mama ist in Sebastian verkna-a-a-llt!"

Daisy fängt an, wie verrückt zu bellen, und jagt quer über den Dachboden. Herr Schiller stimmt mit womöglich noch lauterem Gekrächze ein.

Ich halte mir die Ohren zu. „Leute, geht's noch?", schreie ich genervt. „Das ist ja der totale Affenstall hier. Komm, Herr Schiller, wir gehen spazieren. Ich brauche dringend frische Luft."

Herr Schiller oder, wie ich ihn in Zukunft nennen werde, Prinz von Schiller, krächzt zustimmend.

Ich schwebe hoheitsvoll mit ihm aus der Dachkammer und die vielen steilen Treppen hinunter.

Von Paula keine Spur.

Ich sehe durch das Praxisfenster, wie meine Mutter gerade einer Katze eine Halskrause umbindet. Gleichzeitig tröstet sie die aufgebrachte Besitzerin auf ihre nette Art. Nee, nee, nee. Meine Mutter hat wirklich keinen Kopf für die Liebe. Ein bisschen erleichtert wandere ich mit Herrn Schiller los. Beste Freundinnen sind das Beste, was einem passieren kann, aber manchmal können sie einem auch ganz schön auf den Senkel gehen!

Die frische Regenluft tut mir gut.

Ich habe einen ewig langen Spaziergang hinter mir, quer durch den Wald. Jetzt sehen meine Turnschuhe zwar aus, als wäre ich durch einen Sumpf gewatet, und Mama wird mit mir meckern, aber ich fühle mich besser.

Auch Herr Schiller findet Spaziergänge durch den Wald offensichtlich superschön, denn er klappert begeistert mit seinem Schnabel und stößt dabei Laute aus, die sich beinahe wie Kichern anhören. Manchmal fliegt er ein Stück von einem Ast zum anderen und wartet, bis ich hinterherkomme. Früher hatte ich Angst, dass er mir für immer davonfliegt. Aber das ist zum Glück nie passiert.

Ich habe schon eine Weile nicht mehr darüber nachgedacht, was wäre, wenn unsere Mutter wieder heiraten würde. Irgendwie fände ich das schockierend.

Vor einiger Zeit war der Bürgermeister in Mama

verliebt, aber sie glücklicherweise nicht in ihn. Der Typ ist nämlich total nervig.

Manchmal sind Leute so begeistert, dass Mama ihre Lieblinge wieder gesund gemacht hat, dass sie quer über die Straße rufen: „Frau Buntschuh, ich liebe Sie. Darf ich Sie küssen? Sie sind die Allerbeste!" Aber das ist ja nicht ernst gemeint.

Wenn unsere Mutter einen neuen Mann hätte, wo würde dieser Mensch dann überhaupt wohnen? Mamas eigenes Zimmer ist winzig und ihr Bett ist viel zu klein für zwei. Außerdem schlägt Mama beim Schlafen ziemlich um sich. Sogar mich schubst sie manchmal raus, wenn ich schlecht geträumt habe und nachts mit Sack und Pack zu ihr umgezogen bin.

Im Wohnzimmer haben es sich in den letzten Wochen die Springmäuse gemütlich gemacht und Eleonor hat in dem uralten Schlafsofa, das dort für Gäste steht, ein Nest gebaut. Die Babys müssen jeden Moment auf die Welt kommen, und ich kann mir nicht vorstellen, dass Mamas neuer Mann es gut fände, neben einer ganzen Mäusefamilie einzuschlafen.

Es bleibt also eigentlich nur noch Kassias Dachkammer. Denn Kassia teilt sich mit Jule das Zimmer, zumindest zum Schlafen. Aber diesen Ort, von dem aus man so gut den Himmel beobachten kann, würde

Kassia nie und nimmer freiwillig räumen. Womöglich würde der neue Mann fettige Fingerabdrücke auf der empfindlichen Linse ihres Teleskops hinterlassen. Ich wage gar nicht daran zu denken, was dann los wäre.

Aber mal weitergedacht: Wenn der neue Mann Sebastian Pfeffer wäre (was einfach nicht wahr sein kann), dann sollte er am allerbesten in seiner Villa drüben wohnen bleiben. So würde er uns nicht auf die Nerven gehen. Mama könnte eine Woche bei ihm und eine Woche bei uns wohnen. Und (fast) alles wäre wie immer.

Trotzdem: Toll fände ich das nicht. Und meine Mitschüler würden garantiert lästern, weil mein Musiklehrer gleichzeitig mein Stiefvater ist. Und Jonas mein Stiefbruder. Nein danke. Das ist mir einfach zu kompliziert. Schule ist auch ohne solche Konflikte anstrengend genug.

Herr Schiller bekommt allmählich Hunger. Das merke ich daran, dass er mir die ganze Zeit ins Ohr krächzt und an meinen Haaren zupft. Ich hätte daran denken sollen, die kleine Dose mit den Mehlwürmern einzustecken. Ich wühle in meiner Hosentasche und finde noch eine halbe Walnuss. Gierig schnappt Herr Schiller sie mir aus den Fingern.

Ich will nicht zurück ins Haus, bevor ich nicht mit

Jonas gesprochen habe. Aber die Pfefferbande lässt sich Zeit. Hoffentlich haben sie sich nicht in der Geisterbahn verirrt. Würde ich Sebastian Pfeffer direkt zutrauen. Schon alleine deshalb kann er unmöglich mein Stiefvater werden.

Mein Papa ist sogar bei einem Sandsturm durch eine Wüste geflogen und hatte nur seinen Kompass, um die richtige Route zu finden. Sebastian Pfeffer ist manchmal so in seine Gedanken vertieft, dass er sich in seinem eigenen Haus verirrt und anstatt im Bad bei Jonas im Zimmer landet. Mitten in der Nacht! In unserer Schule hat er sich sogar mal versehentlich selbst in den Musikraum eingesperrt. Er hat dann wie wild auf der Pauke herumgedonnert und der Hausmeister hat ihn schließlich gehört und befreit.

Das ist zwar ziemlich witzig, aber auch ziemlich doof. Jedenfalls für einen Stiefvater-Kandidaten. Und überhaupt: Eigentlich will ich gar keinen haben!

Ich setze mich auf unseren kaputten Gartenzaun und warte. Mir ist ganz schön langweilig ohne Paula, aber ich muss die Sache mit Jonas alleine klären. Paula würde womöglich wieder nur albern kichern. Darauf habe ich echt keine Lust.

Überrascht entdecke ich Jules Kater Chili. Er döst im Liegestuhl, der auf der Pfeffer-Veranda steht. Das gibt bestimmt so richtig Zoff. Der plötzliche Hundefreund Sebastian Pfeffer ist nämlich höchst allergisch gegen Katzenhaare.

Im gleichen Moment biegt sein Transporter hupend in unsere Straße ein und hält direkt vor mir. Herr Schiller fliegt krächzend hoch und landet mitten auf Jonas' Kopf. Seit unserem gemeinsamen Auftritt können sich die beiden echt gut leiden. Jonas ist irgendwie blass um die Nase, aber Lukas springt total aufgekratzt umher.

„Das war so cool!", brüllt er. „Die Geisterbahn war so cool. Ich will morgen sofort wieder dorthin. Papa bitte, bitte, bitte!" Er kichert. „Jonas hatte voll Angst vor einem Gorilla, sodass ihm richtig schlecht wurde und er keine Waffeln mit Eis essen konnte. Dabei war der gar nicht echt."

Ich habe sofort Mitleid. Deshalb ist Jonas so blass. Lukas ist manchmal ein richtiges Biest wie meine Schwester Jule. Die beiden sind sich sowieso sehr ähnlich.

„Was war denn los?", frage ich in Jonas' Richtung.

Aber er schüttelt nur den Kopf und deutet unauffällig in den Garten. Dort bei den Kaninchen treffen wir uns immer, wenn wir was Geheimes besprechen wollen. Das passt mir prima in den Kram. Dann kann

ich meine eigenen Sorgen auch sofort loswerden. Das Warten hat sich also gelohnt!

„Ist deine Mutter in der Praxis, Maxie?“, fragt mich Herr Pfeffer plötzlich. „Ich wollte noch etwas Wichtiges mit ihr besprechen.“ Ohne auf meine Antwort zu warten, sagt er: „Ich schaue mal schnell hinein zu ihr.“

Sofort klingeln bei mir sämtliche Alarmglocken. Ich kann mich nicht erinnern, dass sich Sebastian Pfeffer bis jetzt in Mamas Praxis gewagt hätte. Zu viele unberechenbare wilde Tiere, hat er mal gesagt. Und jetzt spaziert er einfach so hinein? Hallo! Welche Gehirnwäsche hat der denn hinter sich? Ich schaue prüfend in sein Gesicht.

„Ich will sie auch nicht lange stören“, sagt er. „Sie ist einfach die tollste Tierärztin, die ich kenne. Immer im Einsatz, rund um die Uhr. Das ist wirklich bewundernswert.“

Oh, oh. Mir wird ein wenig übel. Seine Augen strahlen vor Begeisterung, als er über Mama spricht. So ähnlich hat doch auch der Bürgermeister immer geguckt. Aber der hielt meistens noch einen dicken Strauß roter Rosen vor sein Grinsegesicht.

Sebastian Pfeffer rennt los, als könnte er es gar nicht erwarten, von den vielen Hunden, Katzen und

Meerschweinchen begrüßt zu werden, die sich in der Regel in der Praxis meiner Mutter tummeln.

„Also bis gleich!“, flüstere ich Jonas zu. Erst einmal müssen wir ja noch Lukas wegschicken, damit er uns nicht heimlich belauscht.

Aber der ist schon im Abflug, ganz und gar freiwillig. „Ich gehe inzwischen rüber zu Jule und erzähle ihr, was wir alles auf dem Rummel erlebt haben“, ruft er und galoppiert los.

Perfekt. Die Luft ist rein. Jonas und ich machen uns jeder getrennt auf den Weg zu unserem geheimen Ort. Wie sagte meine Oma immer? Vorsicht ist die Mutter der Porzellankiste. Was wohl so was Ähnliches heißt wie: sicher ist sicher!

Sicher ist ein gutes Stichwort. Ich drehe mich vorsichtshalber noch einmal um, um zu kontrollieren, ob Sebastian Pfeffer auch wirklich in Mamas Praxis verschwindet.

Was macht er denn da? Mir fallen fast die Augen aus dem Kopf. Er holt tatsächlich einen Kamm (!) aus seiner Hosentasche und kämmt sich seine zerstrubbelten Haare, bevor er hineingeht.

Punkt eins: Ich kenne (oder besser: kannte bisher) keinen Lehrer, der einen Kamm in seiner Jeans hat. Unser Direktor hat immer Kreidestücke hinten in der Hosentasche. Manchmal vergisst er, sie herauszunehmen, bevor er sich setzt, und dann knirscht es unter ihm auf die ulkigste Weise und er hat anschließend einen weißen Po, was wirklich zum Kaputtlachen ist. Unsere Englischlehrerin, die tatsächlich aus Schottland kommt, hat immer Pfefferminz-Putties in ihrer Jackentasche. Das sind so flache hellrosa Minzblättchen. Ist dort irgendwie Nationalnahrung. Eines davon klebte mal in meinem Englischhefter, nachdem sie eine Arbeit korrigiert hatte, und ich musste die Seiten mit einer Bastelschere aufschneiden.

Aber ein Kamm? Die einzige Erklärung wäre, dass Herr Pfeffer manchmal darauf musiziert. Papa hat mir das mal gezeigt. Mit einem feinen Kamm und Frischhaltefolie, die man darüberlegt. Leider befürchte ich, dass Sebastian Pfeffer den Kamm wirklich für seine Haare hat.

Punkt zwei finde ich noch viel beunruhigender: Warum bitte kämmt sich Sebastian Pfeffer, bevor er zu Mama in die Praxis geht?

Daraus entsteht direkt Punkt drei: Will er vielleicht besonders gut aussehen, wenn er unsere Mutter trifft?

Das wäre wirklich ein Ding. Und würde Punkt vier eine Vermutung nahelegen, wegen der ich mich mit Paula gerade ziemlich doll gestritten habe. Nämlich, dass er Mama beeindrucken will, weil er sie mehr als nur „nett“ findet.

Ich merke, wie mein Kopf von dem vielen Herumdenken ganz heiß wird. Habe ich Grund, mir Sorgen zu machen, oder bin ich einfach nur hysterisch, weil ich über einen Kamm in Herrn Pfeffers Jeans nachgrüble?

Ein Kamm ist schließlich dafür da, dass man sich

kämmt. Und wahrscheinlich ist Sebastian einfach nur eitel. Vielleicht kämmt er sich auch, bevor er zum Blutspenden geht oder sich eine Zeitung bei der alten Frau Weber am Kiosk kauft. Und die ist schon über siebzig. Bestimmt hat Mama Pfeffer ihrem kleinen Sebastian einfach beigebracht, dass man die Haare ordentlich kämmen muss, wenn man zu fremden Leuten geht, und damit basta.

Ich atme erleichtert durch. Paula hat mir mit ihrer doofen Vermutung einen richtigen Floh ins Ohr gesetzt, merke ich gerade. Ganz schön albern von mir. Herr Pfeffer und unsere Mutter würden schließlich niemals auf die Idee kommen, sich zu verabreden oder was man sonst so tut, wenn man sich mag.

Vermutlich braucht er nur dringend Pflaster oder er hat mal wieder irgendwo einen allergischen Pickel und will sich von Mama Salbe auftragen lassen, damit er nicht daran stirbt.

Ich höre einen lauten Pfiff aus dem Garten und sehe gleich darauf Jonas hinter dem Kaninchenstall auftauchen. Er winkt mir ungeduldig.

Ist ja gut, ich komme sofort. Ich laufe ganz schnell los und versuche dabei, meine ulkigen Gedanken abzuschütteln, wie Hunde das machen, wenn sie durch den Regen gelaufen sind. Es klappt ausgezeichnet.

Als ich bei Jonas ankomme, ist meine finstere Stimmung beinah verschwunden.

„Was ist denn los?“, frage ich neugierig.

„Ich dachte schon, du willst auf der Straße Wurzeln schlagen“, sagt Jonas gereizt. Anscheinend ist sein Ausflug in den Vergnügungspark nicht ganz so lustig gewesen, wie ich dachte.

„Ich musste noch kurz über etwas nachdenken. Das ist doch wohl nicht verboten, oder?“, antworte ich schnippisch. Und weil ich heute meinen bissigen Tag habe, fahre ich fort: „Wieso bist du eigentlich so kreidebleich? Haben dir die Gespenster in der Geisterbahn so zugesetzt oder dein Vater?“

Sogleich hasse ich mich für diesen Spruch. Ich hatte mir doch vorgenommen, meinen Mund zu halten, wenn es um Jonas und seinen Vater geht. Die beiden sind sich einfach nicht grün, und darunter leidet Jonas ziemlich. Auch wenn er das selten zugibt.

Zum Glück geht er nicht auf mein Gestichel ein, denn es sitzt ihm eine ganz andere Laus quer. „Ich glaube, mein Vater hat eine heimliche Freundin!“, sagt er düster.

Mir rutscht ein „Super!“ heraus, bevor ich es verhindern kann. Aber ich bin ja so was von erleichtert. Ich wusste doch sofort, dass Paula sich geirrt hat.

Danke, danke, danke, lieber Himmel. Auf so einen Stress hätte ich echt keine Lust gehabt.

Aber jetzt muss ich das mit Jonas erst mal wieder geradebiegen. Ich kann mir wirklich vorstellen, wie er sich fühlt. So, wie ich mir die letzten zweieinhalb Stunden den Kopf zermartert habe.

„Ähhh“, stottere ich los. „Ich meinte natürlich nicht *super,* sondern *superbescheuert.* Hatte mich nur vor Schreck an meiner eigenen Spucke verschluckt. Wie kommst du denn darauf?“ Ich mache es mir auf dem Gras gemütlich, um mir die ganze schreckliche Story anzuhören. Armer Jonas. Ich möchte jetzt wirklich nicht in seiner Haut stecken.

„Die Geisterbahnrutsche war eigentlich richtig lustig“, beginnt er. „Papa und ich haben Luki in die Mitte genommen und dann sind wir in so einer Art Badewannen-Boot durch die düsteren Gänge gesaust. Vorher hatte ich mich allerdings schon gewundert, weil Papa sein Handy mitgenommen hat und die ganze Zeit telefonierte. Normalerweise hat er das Handy nie an oder es ist nicht aufgeladen oder er hat sein Stromkabel verloren ...“ Er macht eine Pause und schaut mich erwartungsvoll an.

„Ja und weiter? Mit wem hat er telefoniert? Hast du was verstanden? Was hat er gesagt? Hört sich erst

mal eher harmlos an. Hast du sonst noch Beweise?"
Ich komme mir vor wie Sherlock Holmes mit einem begriffsstutzigen Dr. Watson an meiner Seite.

Jonas zuckt mit den Achseln. „Weiß nicht, wer dran war, er hat ja immer die Hand vor das Telefon gehalten oder sich weggedreht."

Ich runzle die Stirn. Das finde ich jetzt auch ein wenig merkwürdig.

„... und dann ist Lukas ausgerechnet in einer krassen Kurve über mich drübergeklettert, um nach so einem blöden Skelett zu greifen. Da bin ich gegen Papa gerumst und ihm ist das Handy aus dem Hemd gerutscht und in hohem Bogen in so grünes Schleimwasser gefallen." Er schüttelt sich bei der Erinnerung.

„Ihhhhhh!" Das ist ja wirklich eklig. „Und was ist dann passiert?"

Jonas holt tief Luft. „Und dann ist er total wütend geworden, du glaubst es nicht. Er sagte, er warte auf einen ganz dringenden Rückruf und brauche das Telefon und dann wollte er, dass *ich* ins Wasser springe, weil ich beim Rettungsschwimmer zehn Ringe hintereinander rausgeholt habe, während er kein Wasser in den Ohren verträgt. Aber meine Schwimmprüfung war ja im Hallenbad-Chlorwasser und nicht in grünem Spuckschleim."

Mir fehlen die Worte. Das ist mal wieder typisch Sebastian Pfeffer. Selbst das totale Weichei, aber so etwas vom eigenen Sohn fordern. Ein Glück ist er nicht in meine Mutter verliebt.

„… und dann weiter?“, drängle ich.

„Dann habe ich gesagt, ich bin ja nicht bekloppt, das Handy ist eh älter als der Dinosaurus Rex, und dann haben wir uns furchtbar gestritten, bis Luki anfing zu weinen. Zum Schluss hat Papa einem Skelett, das in der Geisterbahn herumschwirrte, 20 Euro gegeben, damit es das Handy sucht, und mit einem Schmetterlingsnetz hat es dann auch geklappt. Luki und ich sind alleine weitergerutscht und Papa hat bei dem Losbuden-Menschen für weitere 20 Euro einen Reiseföhn gekauft, der eigentlich ein Gewinn war, und das Handy trocken geföhnt. Hat aber nicht funktioniert. Es ist nämlich innen voller Schleim.“

Ich weiß gar nicht, was ich sagen soll. Das hört sich nach einem totalen Horrorausflug an, mit und ohne Geisterbahn. Aber dann fällt mir doch noch etwas Positives ein. „Aber weißt du, was super daran ist?“, frage ich Jonas und versuche, begeistert zu gucken. „Jetzt hat dein Vater kein Handy mehr und kann nicht mehr telefonieren. Wenn er wirklich eine heimliche Freundin hat und die dringend zurückrufen wollte, dann ist sie jetzt bestimmt furchtbar sauer und macht Sebastian Stress."

Jonas schüttelt düster den Kopf. „Nee, es kommt nämlich noch schlimmer. Papa hat mir erst mal *mein* Handy abgenommen, bis er sich ein neues kauft. Denn seine SIM-Karte funktionierte noch, nachdem er sie geföhnt hatte. Als Erstes hat er in der Blauen Lagune angerufen. Das ist doch dieses italienische Lokal mit der tollen Pizza. Da hat er für heute Abend um sieben Uhr einen Tisch für zwei Personen bestellt! Danach war er direkt wieder gut gelaunt, aber ich gar nicht." Seine Stimme zittert, als wollte er gleich anfangen zu weinen.

Ich reiße empört ein riesiges Büschel Gras aus der Wiese. „Boah, wie fies und hinterhältig und gemein und niederträchtig und überhaupt!" Ich habe wirklich gedacht, dass sich Jonas' Vater gebessert hätte. Aber Pustekuchen. Er ist noch genauso doof wie vorher. Wie konnte ich mich nur so täuschen lassen?

„Das tut mir echt so leid, Jonas", sage ich. Ich würde ihn jetzt am liebsten in den Arm nehmen und knuddeln, aber bei Jungs ist das ja immer ein wenig komisch, ich weiß auch nicht, warum. „Was willst du denn jetzt machen?"

Jonas zuckt mit den Achseln. „Keine Ahnung. Erst

mal brauche ich ein Handy, denn wenn Mama mich aus Amerika anruft, erreicht sie mich ja gar nicht.“

Ehrlich gesagt bezweifle ich, dass Jonas’ Mutter sich bei ihm meldet. Die ist nämlich genauso schwierig wie Sebastian Pfeffer. Seit sie in Amerika arbeitet und einen neuen Freund hat, ist sie immer sehr beschäftigt.

Ich weiß echt nicht, warum Erwachsene solche Schwierigkeiten haben, mehrere Sachen gleichzeitig zu machen. Wir Kinder müssen ja auch alles unter einen Hut kriegen: zur Schule gehen, Hausaufgaben machen, Haustiere versorgen, die Eltern bei Laune halten, sich mit Freunden treffen ...

Aber anscheinend klappt das alles nicht mehr so gut, wenn man älter wird. Das sind ja keine schönen Aussichten!

„Ich frage mal Kassi, ob sie dir so lange ihres leihen kann“, sage ich, obwohl ich nicht viel Hoffnung habe. Meine Schwester benutzt ihr Handy zwar nie, sie rückt jedoch selten Sachen raus, die ihr gehören. Aber vielleicht macht sie bei Jonas ja eine Ausnahme. Wichtig ist, dass man gute Argumente findet, die sie überzeugen.

Ich kann es kaum aushalten zu sehen, dass Jonas den Kopf so hängen lässt. „Am besten, wir fragen

Kassi gleich jetzt", entscheide ich spontan. Wenn Kassia Jonas in diesem bedröppelten Zustand sieht, hat sie vielleicht Mitleid mit ihm. Außerdem kann ich dann Paula gleich unter die Nase reiben, dass sie sich mit ihrem Liebesverdacht getäuscht hat.

„Wir müssen unbedingt rauskriegen, mit wem dein Vater essen geht, dann wissen wir mehr", sage ich.

Jonas nickt traurig. „Eigentlich ist es mir egal. Ich hasse meine Stiefmutter jetzt schon."

Warum lassen sich Jungen immer so gehen, wenn mal etwas nicht so gut läuft? „Totaler Quatsch", sage ich streng. „Essen gehen heißt noch lange nicht heiraten. Vielleicht küsst er sie und dann hat sie Mundgeruch oder er merkt, dass sie ihre Kaugummis überallhin klebt oder den Teller abschleckt ... Keine Ahnung. Jedenfalls: So weit ist es noch lange nicht."

Wir rennen los.

Gerade als wir bei unserem Haus ankommen, geht die Praxistür auf und Sebastian Pfeffer kommt heraus. Ich hatte bereits ganz vergessen, dass er zu Mama in die Praxis wollte. Er pfeift gut gelaunt vor sich hin.

„Na, mein Sohn", sagt er und wuschelt Jonas durch das Haar.

Zufällig weiß ich, dass Jonas das überhaupt nicht leiden kann. Aber es kommt noch besser.

„Maxie, hat Jonas dir erzählt, dass er heute unbedingt in einer grünen Schleimsuppe baden wollte? Ich musste ihn direkt anflehen, nicht hineinzuspringen." Er lacht wie irre los.

Ich schaue Sebastian so wütend an, wie ich nur kann. Er soll wirklich fühlen können, dass ich ihn gerade vor Wut zu winzigen Konfetti zerreißen könnte. Zufrieden bemerke ich, dass Jonas noch böser guckt als ich. Das kann er nämlich supergut.

„Ja, ja, ich weiß schon. Der alte Vater nervt wieder mal!", sagt er belustigt.

Wie kann jemand, der so unglaublich stresst, so unverschämt gut gelaunt sein?

„Aber heute habt ihr alle sturmfreie Bude und könnt euch von euren Eltern erholen", fährt Sebastian Pfeffer fort. „Klementine und ich gehen aus und ziehen den ganzen Abend über unsere Kinder her. Was haltet ihr davon?"

Schlagartig habe ich das Gefühl, dass die ganze Welt ein Kettenkarussell ist. Oder warum dreht sich alles um mich herum? „Waaaaas?", rufe ich. „Das darf jetzt echt nicht wahr sein. Ihr beide geht zusammen weg? Warum das denn?" Ich schreie den letzten Satz so laut heraus, dass er bestimmt im letzten Winkel unseres Hauses zu hören ist.

Jonas und ich schauen uns entsetzt an und ich lese in seinen Augen, was ich gerade auch denke.

„Ja, stell dir mal vor." Meine Mutter ist unbemerkt aufgetaucht und lacht mich an. „Ich hab nämlich auch mal frei und darf weggehen. Ich bin nämlich schon groß. Und ihr dürft euch dafür ausnahmsweise Pizza nach Hause bestellen. Ist das nicht ein super Deal?"

Direkt nach der Hiobsbotschaft, dass Mama und Sebastian Pfeffer zusammen ausgehen, habe ich Jonas in Kassias Dachkammer gezerrt. Diese unerwartete Wendung müssen wir unbedingt gemeinsam besprechen.

Paula lümmelt mit so einem triumphierenden Gesicht neben Jule auf dem Matratzenlager herum, dass ich es gar nicht aushalte, zu ihr hinzuschauen. Ich frage mich, was es ausgerechnet jetzt zu grinsen gibt.

„Dein Vater macht wirklich nur Schwierigkeiten. Jetzt lass dir was einfallen, wie du das wieder in Ordnung bringst“, brülle ich völlig unkontrolliert in Jonas’ bleiches Gesicht. Schlagartig schießt mir durch den Kopf, dass das Gespenst in der Geisterbahn der perfekte Ferienjob für ihn wäre.

„Sag mal, spinnst du?“, brüllt Jonas in derselben Lautstärke zurück. „Was hab ich damit zu tun?“

Tut der Junge nur so oder ist er tatsächlich so schwer von Begriff?

„Dein Vater macht sich an meine Mutter ran“, erkläre ich ihm betont langsam, als wäre er ein Kindergartenkind mit langer Leitung. „Also musst du ihn wieder zur Vernunft bringen. Kinder sind nämlich genauso für ihre Eltern verantwortlich wie umgekehrt.“ Ich gebe zu, das ist eine waghalsige These. Aber ich muss Jonas unbedingt dazu bringen, dass er etwas unternimmt. Es hat ja schon einmal geklappt, mit den Käfern und so. Na, wenigstens beinahe.

„Nimm das sofort zurück, Maxie“, sagt Jonas mit vor Wut heiserer Stimme. „Wer rennt uns denn ständig die Tür ein und quatscht meinem Vater eine Tasche ans Ohr? *Deine* Mutter. Und heute hat sie sogar euren Gasthund auf ihn gehetzt, um ihn anschließend retten zu können. Ganz schön raffiniert.“ Er zeigt auf Daisy. „Sie konnte ja nicht ahnen, dass Papa Hunde plötzlich gerne hat.“ Es hat sich ausgegeistert. Jonas ist so krebsrot im Gesicht, als hätte er hundert Stunden nonstop in der prallen Sonne gelegen.

Ich bin einen Moment lang sprachlos. Was fantasiert sich dieser Junge, von dem ich dachte, dass er mein Freund ist, denn da für einen Schwachsinn zusammen?

„Haha!“, höhne ich dann. „Und dein Vater hat, als ihr eingezogen seid, sogar mit Absicht unsere Gartenmauer umgefahren, um mit meiner Mutter anzubändeln. Was macht er denn als Nächstes? Das ganze Dach abdecken und mit den Dachziegeln jonglieren, damit sie ihn endlich beachtet?“

Paula fängt an zu lachen. „Ihr seid ja so was von cool. Das ist besser als Kino, was ihr da abzieht!“

Das denkt Kassia wohl auch. „Piano, Freunde, piano“, sagt sie so gelassen, als wäre sie mindestens doppelt so alt wie Methusalem. Sie kommt auf uns zu und hält ihre Hände wie ein Heiler über unsere Köpfe. „Nur gemeinsam sind wir stark. Also begrabt euer Kriegsbeil und nehmt euch versöhnend in die Arme. Denn was wir jetzt brauchen, ist ein wirklich guter Plan, um das drohende Unheil von uns allen abzuwenden.“

Jonas und ich verstummen augenblicklich und starren meine Schwester wahrscheinlich mit exakt demselben belämmerten Ausdruck an. Jedenfalls fühlt sich mein Gesicht so an wie Jonas’ aussieht.

Ojemine, denke ich und mir wird ganz schwindlig vor Schreck. Nun ist meine eigene Schwester wahnsinnig geworden. Denn welche normale Elfjährige redet so einen Quark daher?

Jonas fängt sich als Erster und er stellt ihr ziemlich unverfroren die Frage, die mir brennend auf der

Kassia's
höchst persönliches
Sternentagebuch
NUMMER 12
Reach
for the

Zunge liegt. „Öhm, Kassi. Alles in Ordnung bei dir da oben?“ Er tippt sich mit dem Zeigefinger an die Stirn. „Bist du jetzt bei einer Sekte oder was soll das Gefasel? Und damit eines klar ist: Ich würde mir eher in meinen großen Zeh beißen, als diese Giftnudel in den Arm zu nehmen.“ Dabei zeigt er auf mich.

Bevor ich empört zurückmeckern kann, hebt Kassia wie ein Verkehrspolizist den rechten Arm und befiehlt: „Stopp. Sag nichts, Maxie. Denk erst mal nach.“

Ich bin so verblüfft über ihren strengen Ton, dass ich wirklich den Mund halte. Und tatsächlich beginnt es in meinem Gehirn wie verrückt zu arbeiten. Alle meine Überlegungen führen zu demselben Ergebnis.

Wie von Geisterhand geführt, bewege ich mich auf Jonas zu und sage: „Okay, Pfeffernase. Also Waffenstillstand. Jedenfalls bis wir diese Sache wieder unter Kontrolle haben.“

Jonas guckt mich verblüfft an. Er verzieht den Mund beinahe zu einem Lächeln, aber das verkneift er sich dann doch im allerletzten Augenblick. „Einverstanden.“ Er nimmt meine Hand und quetscht meine Finger fast taub.

Seine Hand ist pitschnass und klebrig. Das kommt bestimmt von dem Stress, den er schon den ganzen

Tag hat. Bei mir ist das immer so, wenn wir eine Deutscharbeit schreiben. Für eine Tausendstelsekunde tut mir Jonas richtig leid. Ich finde, er hat gerade eine echte Pechsträhne. Erst trennen sich seine Eltern, dann taucht seine Mutter zu ihrem neuen Freund nach Amerika ab wie ein Kaninchen in einen Zauberhut, und kaum hat er sich erholt, riecht es schon wieder nach neuem Ärger, diesmal mit seinem Vater. Nicht einmal die Ferien kann er in Ruhe genießen, ohne dass seine Eltern Stress machen.

„Prima", sagt Kassia. „Geht doch." Diese Bemerkung kann sie sich nicht verkneifen. Ihre Augen blitzen triumphierend, aber ich bin zu erschöpft von der ganzen Aufregung, um schon wieder zu streiten.

Sie holt ein dickes schwarzes Heft hervor – davon hat sie unzählige, die sie als Sternentagebücher benutzt – und schlägt es auf. „Also, zuerst müssen wir Beweise zusammentragen, die unseren Verdacht erhärten." Sie schaut mich durchdringend an. „Gibt es überhaupt welche?"

Plötzlich muss ich seufzen, und in meinem Hals spüre ich einen dicken Kloß. Ich gucke in die Luft, Kassia soll mich nicht für die totale Heulsuse halten. Schließlich bin ich ihre große Schwester und genau ein Jahr älter. Aber dann entdecke ich ausgerechnet ein Foto von unserem Papa, das Kassia an ihr Teleskop geklebt hat.

„Es gibt jede Menge Beweise“, schluchze ich auf und erzähle die Geschichte mit dem Kamm von eben.

Kassia schreibt alles gewissenhaft auf und runzelt dabei besorgt die Stirn.

„Oh Mann!“, mischt sich Paula ein. „Das ist ja übel. Tut mir wirklich leid, Maxie.“ Sie schaut Jonas misstrauisch an. „Und dir ist wirklich nie was an deinem Vater aufgefallen?“

Jonas schüttelt heftig den Kopf.

„Wieso ist es denn so schlimm, dass sich Herr Pfeffer die Haare kämmt?“, fragt Jule neugierig. „Ich habe auch eine Bürste in meiner Schultasche, die mit dem süßen Pony drauf, die mir Mama zu Weihnachten geschenkt hat. Und manche Mädchen in meiner Klasse bürsten ihre Haare sogar mitten im Unterricht. Dann schimpft unsere Lehrerin aber immer.“

Kassia verdreht die Augen. „Aber Herr Pfeffer ist ja kein Mädchen und so viele Haare hat er auch nicht auf dem Kopf, dass er sich kämmen müsste, bevor er mit Mama spricht. Rede nicht dazwischen, wenn du nichts zu sagen hast, was uns weiterhilft.“

Jule zieht ein finsteres Gesicht. „Ich hab wohl was zu sagen, was weiterhilft. Warum fragt ihr Mama oder Herrn Pfeffer nicht einfach, ob sie ineinander verliebt sind? Ich kann das machen, ich trau mich." Sie springt auf und rennt zur Treppe.

„Bist du von allen guten Geistern verlassen?", schreie ich laut. Ich schnappe sie mir und halte sie eisern fest.

Jule tritt mir wütend gegen das Schienbein.

„Autsch!" Ich sehe mindestens so viele Sterne wie Kassia durch ihr Teleskop, aber ich lasse Jule einfach nicht los.

Sie hackt ihre spitzen Zähne so wild entschlossen in meinen Unterarm, dass mir ganz schummrig wird.

„Jule, lass den Babykram und hör mir mal ganz genau zu", greift Jonas ein und schnappt sie sich wie ein Bündel. „Super, dass du mithelfen willst. Ganz ehrlich", sagt er mit einer fremden Rattenfänger-Stimme.

Ich schaue ihn überrascht an. Ich hatte wirklich keine Ahnung, dass der Pfefferjunge so Süßholz raspeln kann.

„Aber bevor du dich mit Maxie weiterstreitest: Wie alt bis du genau?"

Jule reagiert genauso verdutzt auf seine sanften Töne wie ich. Deshalb vergisst sie offenbar für einen Moment, dass sie auf Krawall gebürstet ist. „Neun

Jahre“, antwortet sie und reckt ihren Hals. „Aber bald zehn.“

Jonas nickt zustimmend. „Genau, meine Süße. Aber erst mal bist du noch neun und ich und deine Geschwister sind ganz schön viel älter. Deshalb kennen wir die Erwachsenen auch schon länger und unsere Eltern sowieso. Besonders als meine Eltern sich scheiden ließen, habe ich einiges Neues gelernt. Mein Vater zum Beispiel versteht einfach immer alles falsch, was ich sage, und ist dann gleich auf zweihundert. Den kann man nicht einfach fragen: Papa, bist du in Frau Buntschuh verliebt? Da geht der höchstens hoch wie eine Rakete und verpasst mir zwei Jahre Hausarrest.“

Jule zieht eine nachdenkliche Schnute. „Auch nicht, wenn ich ihn frage?“

Jonas schüttelt den Kopf. „Zwei Jahre Klavierspielverbot“, antwortet er.

Jule reißt erschrocken die Augen auf. „Wie gemein“, flüstert sie. „Und wenn ich meine Mama frage, ob er in sie verliebt ist?“

Jonas schaut mich herausfordernd an.

„Mindestens drei Jahre Mäusestall ausmisten“, ergänze ich eilig.

Jule seufzt tief. „Und das alles nur wegen einem

doofen Kamm", grübelt sie. „Das kapier ich nicht. Dabei könnte er doch antworten: Nein, Jule, ich bin nicht in deine Mama verliebt. Mir hat nur der Kopf gejuckt und deshalb habe ich mich schnell noch gekämmt." Sie schaut Jonas offen an. „Ganz ehrlich: Ich will lieber nicht erwachsen werden, das hört sich alles sehr doof an. Nicht mal bürsten kann man sich dann mehr einfach so." Sie schnappt sich eine herumliegende Bürste und beginnt, ihre Haare zu bearbeiten. Das hört sich ein wenig an wie Pferde striegeln.

„Du brauchst deshalb nicht traurig zu sein, Jule", sagt Jonas tröstend. „Noch bist du ja klein. Und wenn du groß bist, macht es dir nichts mehr aus. Papa sagt oft zu mir, wenn er so alt wäre wie ich, würde er verrückt werden. Die Erwachsenen vergessen ratzfatz, wie es so als Kind war. Sonst würden sie tatsächlich verrückt werden. Kapiert?"

Ich starre Jonas mit offenem Mund an. Was er da sagt, hört sich schon fast genau so an wie die Weisheiten, die Kassia absondert, wenn sie ihre philosophische Phase hat. Hoffentlich geht das bei Jonas jetzt nicht auch so los. Dann werde nämlich *ich* verrückt. Eine Besserwisserin als Schwester ist schon hammerhart. Aber dazu noch ein bester Besserwisser-Kumpel ist mir eindeutig zu anstrengend.

„Okay“, sage ich hastig. „Das wäre also geklärt. Und wie geht es weiter?“

Für einen Moment herrscht tiefes Schweigen.

Jule hat sich einen Kissenzipfel geschnappt und nuckelt daran wie ein Baby. Vermutlich versucht sie, das Älterwerden damit noch ein kleines Bisschen hinauszuzögern. Kassia runzelt ihre Stirn so sehr, dass ich Angst bekomme, ihre Augenbrauen könnten stecken bleiben, und Paula betrachtet uns so neugierig wie Tiere im Zoo.

„Wie gesagt“, sagt Jonas und räuspert sich unsicher. „Erst einmal alles sammeln. Mit Käfern, Spinnen und Wüstenspringmäusen kommen wir hier nicht weiter. Solche Attacken würden die beiden vermutlich noch mehr zusammenschweißen.“

Kassia malt kleine Herzen zwischen ihre Notizen.

„Ich lese ja supergerne Detektivromane“, beginnt Paula und guckt Jonas dabei an.

„Ich mag am liebsten Ponybücher!“, ruft Jule begeistert. „Soll ich dir eines leihen? Die gefallen dir bestimmt auch.“

Paula grinst. „Nee, danke, Jule. Ich wollte eigentlich was anderes damit sagen. In den Detektivbüchern werden ja immer Verdächtige ausgekundschaftet und ihre Spuren verfolgt. Das heißt, die Detektive heften sich an ihre Fersen, beobachten sie auf Schritt und Tritt und machen Fotos und Notizen. Na, eben alles, was zum Auspionieren so dazugehört. Und wenn sie dann genug Beweismaterial haben, setzen sie sich zusammen und überlegen, wie es weitergehen soll. Das könnten wir doch mit euren Eltern auch machen, oder?"

Ich starre meine beste Freundin überrascht an. Das ist einfach eine Spitzenidee.

Auch Jonas hebt den Daumen. „1A, Paula", sagt er. Seine Stimme hört sich dankbar an. „Du bist echt superschlau. Wenn wir dich nicht hätten ..." Er lächelt sie an.

Selbst Kassia nickt zustimmend. Und das will etwas heißen.

Paula wird vor Stolz ein wenig rot. „Nicht so wild. Freunde müssen sich doch helfen", sagt sie ein bisschen zu eifrig für meinen Geschmack. „Findest du meine Idee auch gut, Maxie?" Sie schaut mich fast bittend an.

„Na klar. Ich bin doch nicht doof. Dein Vorschlag ist der beste, den wir bis jetzt hatten."

Jule klatscht begeistert in die Hände. „Au ja, ich

mache auch mit. Ich habe mal einen Film gesehen, da haben sich die Kinderdetektive so einen Bart angeklebt und eine Sonnenbrille aufgesetzt, damit man sie nicht erkennt. So könnten wir uns doch auch verkleiden, oder?"

Kassia verdreht die Augen. „Nee, auf gar keinen Fall. Dann fliegen wir gleich auf. Es ist doch nicht Fasching. Das Beobachten und Hinterherschnüffeln überlass mal besser uns Großen. Du kannst auf Lukas aufpassen, damit der nicht alles verpatzt."

Ach herrje, Lukas! An Jonas' kleinen Bruder hat außer Kassia niemand gedacht. Er behält einfach kein Geheimnis für sich und ist ein richtiges Papakind. Wir können ihn auf keinen Fall in unseren geheimen Plan einweihen, im Gegenteil.

„Aber immer auf Lukas achtgeben ist langweilig", nörgelt Jule. „Ich will auch mal schnüffeln."

Meine kleine Schwester hat natürlich Recht. Sie ist um Lichtjahre schlauer als Lukas, der sich meistens wie ein Baby aufführt.

„Klar, meine Süße!", lenke ich ein. „Aber wenn ihr ab und zu gemeinsam mit Eddy ausreiten könntet, wäre das einfach toll von dir! Das gehört nämlich auch zu einem guten Detektiv – die Feinde auf die falsche Fährte führen."

Jule guckt überrascht. „Ist Lukas jetzt unser Feind? Warum denn?“

Wieso fragen kleine Schwestern einem ständig Löcher in den Bauch? Ich bin plötzlich ganz k.o.

„Das ist nur so eine Redewendung, Jule“, mischt sich Paula ein. „Detektivsprache. Verstehst du? Wichtig ist, dass Lukas unser Geheimnis nicht mitkriegt, weil er eine Plappertasche ist. Kapiert?“

Jule nickt eifrig. „Na klar. Ich bin doch nicht blöd. Er hat unserer Lehrerin ja auch verraten, dass wir für ihren Geburtstag ein Lied gedichtet haben. Das war echt doof.“

Kassia nickt ungeduldig. „Dann ist ja alles klar. Unser erster Einsatz startet nämlich bereits heute Abend.“ Sie schaut bedeutungsvoll in die Runde. „Verdächtige Personen: Klementine Buntschuh und Sebastian Pfeffer. Tatvorwurf: Liebe. Tarnung: Pizzaessen. Tatort: Blaue Lagune.“

Meine Schwester Kassia hat wirklich Grips. Egal wie nervig sie manchmal ist – niemand sonst kann die Tatsachen so präzise auf den Punkt bringen wie sie.

„Klingt schlimm“, sage ich atemlos.

„Aber es ist wahr“, sagt Jonas grimmig. Man sieht ihm richtig an, wie sauer er auf seinen Vater ist. Dabei hatten die beiden sich gerade erst versöhnt.

„Und was meinst du mit Einsatz?“, fragt Paula gespannt.

„Maxie und Jonas werden sie heute Abend in der Pizzeria beobachten und alles Verdächtige aufschreiben“, erklärt Kassia. „Paula, Jule und ich bleiben hier auf meinem Dachboden und halten die Verbindung mit den Detektiven vor Ort.“

„Und was ist mit Lukas?“, fragt Jule.

Kassia nickt zufrieden. „Vorbildlich mitgedacht, Schwesterherz. Um den kümmerst du dich. Macht doch eine Stall-Übernachtungsparty bei Eddy oder so. Damit er uns nicht gleich beim ersten Einsatz auffliegen lässt.“

Eine Weile später gehe ich mit Jule hinüber ins Pfefferhaus.

Lukas lümmelt gelangweilt auf dem großen Sofa im Wohnzimmer herum und guckt eine Tiersendung. „Bei Eddy übernachten? Auf Stroh und so weiter?“ Er ist gleich Feuer und Flamme und rast sofort los, um seinen Rucksack zu packen.

„Musst du nicht erst deinen Vater um Erlaubnis fragen?“, rufe ich ihm hinterher.

Wie schon gesagt: Herr Pfeffer ist von Tieren nicht so begeistert wie seine Kinder. Er lebt in ständiger Angst, dass seine Jungs von Flöhen oder süßen kleinen Mäusen angefallen und aufgefressen werden. Oder dass sie sich mit einer tödlichen Krankheit anstecken.

„Ich mach das mit Herrn Pfeffer schon“, ergreift Jule die Initiative. „Mich kann er gut leiden.“

Damit hat Jule Recht. Sie bekommt seit Kurzem sogar Klavierunterricht von Herrn Pfeffer. Ich würde meine Ferien ja nie im Leben freiwillig bei einem Lehrer verbringen. Aber Jule ist das ganz egal. Sie gibt mir zu verstehen, dass sie mit Sebastian alleine sprechen will. Ich darf draußen vor der Tür warten.

Die Tür zu Sebastian Pfeffers Zimmer steht weit offen. Er sitzt pfeifend über ein Notenblatt gebeugt und kritzelt schwarze Krähenfüße auf Papier. Ähm, ich meine natürlich, er schreibt Notenköpfe.

Er komponiert also, kombiniere ich. Ich kann mein neues Leben als Detektivin ja schon mal antesten. Also: Er komponiert und er ist gut gelaunt. Deshalb fällt ihm etwas ein. Sein Bleistift fliegt nur so über das Papier.

Halt! Das ist nur *eine* mögliche These. Die andere geht so: Herr Pfeffer komponiert und *weil* ihm etwas einfällt, ist er gut gelaunt. Gar nicht so einfach, alle Indizien richtig miteinander zu verknüpfen.

Wenn ich es recht überlege, gibt es sogar noch eine dritte Möglichkeit: Sebastian Pfeffer komponiert, es fällt ihm etwas ein, er ist gut gelaunt … und das alles, weil – und jetzt kommt es –, *weil* er in meine Mutter verknallt ist.

Na super.

Bevor ich noch meinen ersten Einsatz mit Jonas hatte, raucht mir schon der Kopf und ich bin vollkommen verwirrt.

Oder bin ich vollkommen verwirrt und deshalb raucht mir der Kopf?

Hiiiiiilfe! So schwierig habe ich mir meine Arbeit als Detektivin nicht vorgestellt.

„Im Stall?“, höre ich Sebastian Pfeffer plötzlich ausrufen. „Auf gar keinen Fall. Was uns von den Tieren unterscheidet, ist, dass wir in Betten liegen.“

Augenblicklich habe ich das Gefühl, ich klebe gleich an der Decke vor Wut. Das meiste, was Sebastian Pfeffer sagt, macht mich einfach rasend.

„Stimmt nicht, Herr Pfeffer“, sage ich schroff. „Daisy, Ihr neuer Lieblingshund, liegt auch bei Paula im Bett und Paula manchmal auf dem Fußboden, wenn es ihr zu eng wird.“

Jule gibt mir heimlich ein Zeichen, dass ich den Mund halten soll. Wahrscheinlich hat sie Recht. Ich verpatze nur wieder alles.

Meine kleine Schwester ist nämlich unheimlich raffiniert unterwegs, wenn sie etwas haben will. Und deshalb sollte ich mich besser verdrücken und sie alleine mit Sebastian Pfeffer weiterplaudern lassen. Seit ich sicher bin, dass er in unsere Mutter verknallt ist, reagiere ich empfindlicher auf ihn als ein Stier in der Arena auf ein rotes Tuch.

„Ähm, ich muss mal“, sage ich entschuldigend und

verziehe mich in den Flur, damit Jule freie Bahn hat. Sie zwinkert mir verschwörerisch hinterher.

Ich möchte lieber gar nicht wissen, mit welchem Märchen sie ihn einwickelt.

„He, hat es geklappt?“ Jonas taucht wie aus dem Nichts auf und zieht mich in sein Zimmer.

Ich schüttle den Kopf. „Ist noch nicht klar. Ich hätte es fast vermasselt“, gebe ich freimütig zu. „Aber Jule schafft das schon.“

Jonas schweigt.

Ich lasse mich auf sein Sofa plumpsen. „Bist du sauer auf mich?“

Jonas lächelt mich an. „Quatsch. Wegen so etwas doch nicht. Ich bin ja oft selbst so eine Dummbacke. Wenn ich einfach den Mund halten würde, hätten wir nicht immer so viel Streit, Papa und ich.“

Ich lächle erleichtert zurück. „Finde ich nicht. Man sollte immer sagen, wenn einen was ärgert. Die Eltern meckern doch auch sofort, wenn ihnen was nicht passt. Aber ich meinte eigentlich wegen vorhin auf dem Dachboden. Als ich so herumgeschrien habe. Ich weiß auch nicht, warum.“ Ich traue mich gar nicht, in Jonas’ Richtung zu schauen.

„Aber ich weiß, warum du da so herumgeschrien hast“, antwortet Jonas und setzt sich neben mich.

„Aus Angst. Das habe ich auch gemacht, als ich erfahren habe, dass meine Eltern sich scheiden lassen. Manchmal, wenn man sich ganz schreckliche Sorgen macht, schreit man einen anderen an, damit man selbst nicht an der Angst erstickt. Verstehst du?“

Hm. Nicht wirklich. „Aber ich war doch einfach nur sauer! Angst hatte ich gar keine. Wovor denn?“

Jonas scharrt ungeduldig mit seinen Füßen über den Holzboden. „Du denkst nur, dass du sauer bist. Dabei hast du Angst. Das fühlt sich manchmal gleich an. Wenn mein Vater und deine Mutter zusammenkommen, dann ist irgendwie alles anders. Keine Ahnung wie. Aber trotzdem finde ich es doof und habe irgendwie Angst davor. Kapiert?“

Ahhh. Endlich fällt bei mir der Groschen.

Es gibt wirklich Momente, da sagt dieser Pfefferjunge echt schlaue Sachen. Jetzt ist gerade so einer. Ich könnte ihn abknutschen.

Zum Teufel, natürlich auf gar keinen Fall! Was denke ich denn plötzlich für einen Schwachsinn?

„Kapiert?“, wiederholt Jonas.

„Na klar“, antworte ich, „für wie bescheuert hältst du mich?“ Ich stehe rasch auf, damit ich ihn vor Erleichterung nicht doch noch küsse.

„Für gar nicht bescheuert. Im Gegenteil. Ich habe

noch nie ein Mädchen gekannt, das so fit im Kopf ist", erwidert Jonas und guckt mich so nett an, dass ich plötzlich fast losheulen muss.

Oh Mann. Was ist nur mit mir los? Erst brülle ich wie verrückt herum, dann könnte ich Jonas abknutschen und dann muss ich beinah flennen.

Also, eine Sache ist so sicher wie meine Vier bis Fünf in Deutsch: An mir würde sich jeder Detektiv die Zähne ausbeißen. Hundertprozentig.

„Wir schlafen heute im Sta-a-all, wir schlafen heute im Sta-a-a-a-all! Bei E-e-e-e-ddy, beim lie-ie-ieben E-e-e-e-ddy!"

Jule und Lukas kommen johlend hereingerannt und führen einen wilden Tanz zu ihrem schrägen Gesang auf.

„Wie hast du das denn geschafft, Jule?", frage ich fassungslos.

„Das war gar nicht schwer. Herr Pfeffer hat gemeint, dass es im Stall Bakterien und so gibt und es nicht gesund ist, dort zu schlafen. Aber dann habe ich ihn an die Geschichte mit dem Jesuskind erinnert. Das war ja sogar splitternackig im Stroh und fühlte sich pudelwohl. Da hat er gesagt, er gibt sich geschlagen und wir sollen verschwinden, bevor er es sich anders überlegt."

„Dir ist auch nichts zu doof", sage ich anerkennend und kichere. „Das wäre mir im Leben nicht eingefallen."

Jule strahlt siegesgewiss. „Jetzt könnt ihr in Ruhe ermitteln", flüstert sie mir zu.

„Was soll Maxie vermitteln?", erkundigt Lukas sich neugierig.

„Gar nichts, du Langohr", weist ihn Jule zurecht. „Aber du kannst mal in eurer Küche ermitteln, ob ihr noch was zum Schleckern habt. Flips und Chips wären auch nicht schlecht und noch irgendwas für Eddy, als Gastgeschenk. Der muss ja sein Heu mit uns teilen. Und vergiss deinen Schlafsack nicht und dicke Socken und was zu trinken."

Lukas stürmt los.

„Du bist die geborene Herbergsmutter", sagt Jonas grinsend.

Er packt eine Taschenlampe, einen Notizblock, ein kleines Fernglas, ein schwarzes T-Shirt und schließlich eine dunkle Sporthose in seinen Rucksack.

„Hast du eine Digitalkamera?", fragt er mich. „Ich kann ja schlecht Papas Kamera für die Beweisfotos nehmen."

Ich schüttle den Kopf. „Nee, aber Kassia soll dir ihr Handy geben, damit werden die Fotos super und zoomen geht auch. Du brauchst ja sowieso ein neues Telefon, damit wir uns verständigen können."

In meinem Bauch kribbelt es plötzlich ganz fürchterlich. Das ist ja fast ein richtiges Abenteuer. Ich kann mich nicht erinnern, dass ich mal so etwas Verbotenes gemacht habe. Obwohl ich schon dreizehn werde, habe ich mich niemals heimlich von zu Hause weggeschlichen, erst recht nicht abends. Sogar am Tag sage ich meiner Mutter, wohin ich gehe, und meine Schwestern tun das auch. Ich weiß, dass sie supersauer wäre, wenn sie erfahren würde, dass wir sie beschatten. Deshalb müssen Jonas und ich uns besonders geschickt anstellen. Wenn wir heute auffliegen, schaffen wir es nie, die beiden auszuspionieren.

Jonas denkt wahrscheinlich dasselbe. Deshalb hat er sich die schwarzen Klamotten eingepackt. In seinem knallblauen Lieblingsshirt, das schon ganz ausgeleiert ist, weil er es jeden zweiten Tag anhat, würde ihn sein Vater ja auf den ersten Blick erkennen.

„Du musst dir was anders anziehen", sagt Jonas in diesem Augenblick zu mir. „Immer wenn ich einen lila Pulli sehe, denke ich sofort, dass du das bist."

Wirklich ulkig, wie gut Jonas und ich uns verstehen. Fast wie Zwillinge. Natürlich nur, wenn wir uns gerade mögen.

Als wir das Haus mit Sack und Pack verlassen, werfe ich noch einen schnellen Blick in Sebastian Pfeffers Zimmer. Er komponiert schon wieder, diesmal im Stehen und dabei Tanzschritte machend.

Ich kombiniere jetzt lieber nicht. Das hat mir vorhin nur schlechte Laune und Gedankenwirrwarr im Kopf beschert. Aus. Schluss. Basta!

Wir haben heute die freie Pizzawahl! Juchuh!

Kaum zu glauben, was so eine Einladung zum Abendessen bei Eltern bewirkt. Sonst müssen meine Schwester und ich immer ewig lange herumrechnen, damit wir mit dem Geld auskommen.

Zuerst will Sebastian Pfeffer sogar alle Pizzas bezahlen, aber das erlaubt ihm Mama nicht.

Weil sie sich nicht einigen können, lassen sie uns doppelt Pizzageld da – das reicht sogar noch dick für Nachtisch.

Wenn die Lage nicht so ernst wäre, könnten die zwei gerne öfter mal ausgehen.

Unsere Mutter hat sich richtig aufgedonnert und sieht einfach toll aus. Sie hat das Kleid mit den vielen kleinen Sonnenblumen angezogen, das sonst immer nur im Schrank herumhängt, und an ihrem Hals baumelt der süße silberne Hundeanhänger, den wir ihr zum Geburtstag geschenkt haben.

Dass Mama Schuhe super findet, ist ja schon bekannt. Die Sandalen, die sie heute anhat, sind knallgelb, passend zu den Sonnenblumen.

Herr Pfeffer sieht in seiner dunkelgrauen Jeans und dem schwarzen Hemd auch todschick aus. Die Schuhe hat er bestimmt mit Spucke poliert wie unser Papa früher, sonst würden sie nicht so glänzen. Ich dachte eigentlich, er besitzt nur Turnschuhe.

„Bis später, meine Süßen, und seid schön artig." Mama kichert, als hätte sie einen besonders guten Witz gemacht.

„Ja genau!", ergänzt Herr Pfeffer. „Jonas! Ich verlass mich auf dich. Pass gut auf die Bande auf."

Armer Jonas. Er kriegt vor Verlegenheit auf der Stelle rote Flecken im Gesicht.

Die einzige Antwort bekommen beide von Daisy. Sie bellt lauthals los. Aber vielleicht macht sie ja auch nur so ein Theater, weil im dunklen Treppenhaus unser Kater Chili an ihr vorbeihuscht.

Kaum sind unsere Eltern gegangen, bestellen wir einen Berg Pizza und alle Nachspeisen, die auf der Karte stehen. Es wird ein richtiges Festessen. Sogar Herr Schiller kriegt noch etwas ab. Er mag nämlich so gerne Oliven picken.

„Bin ich fett und fertig!", stöhnt Jonas und lehnt sich so

weit mit dem Küchenstuhl nach hinten, dass er beinahe umkippt. Er reibt sich jammernd seinen Bauch.

„Ich leg mich gleich mal mit Daisy aufs Sofa und chille“, sagt Paula und schnappt sich noch das letzte Stück Spinatpizza. „Vielleicht ist was Lustiges im Fernsehen.“

„Au spitze“, schreit Jule. „Das wird total gemütlich.“

„Ich will auch“, stimmt Lukas begeistert ein. „Zu Hause darf ich abends nie gucken.“

Oh nein! Wie doof ist das denn? Ich verdrehe die Augen und gebe Paula verstohlen Zeichen.

„Was ist denn, Maxie?“, fragt sie verwirrt.

„Das Programm heute ist nichts für Jüngere“, sagt Jonas laut. „Da läuft heute ein sehr aufregender Detektivfilm.“ Er spricht das Wort Detektivfilm besonders deutlich.

„Ein Detektivfilm? Um die Uhrzeit?“, sagt Paula verwundert.

„Stimmt ja“, kichert Jule los. „Jonas hat Recht. Was ganz Schlimmes. Mit zwei doofen Detektiven und zwei noch dooferen Verbrechern.“ Sie lacht sich über ihren eigenen Witz schlapp.

„Also doch nicht Fernsehen?“, fragt Lukas enttäuscht.

Jule schüttelt den Kopf. „Nee, lieber nicht, Luki. Aber Eddy wartet bestimmt schon darauf, dass wir mit ihm spielen. Und unser Heubett müssen wir auch noch machen und natürlich die Süßigkeiten mampfen.“ Sie nimmt Lukas energisch an die Hand und dampft mit ihm Richtung Stall ab.

Ich rase den beiden spontan hinterher und nehme Jule stürmisch in meine Arme, um sie abzuknutschen. Das muss einfach sein, so goldig und schlau finde ich sie in diesem Augenblick.

„Ihhh, du klebst“, kreischt sie und wischt sich mit dem Ärmel das Gesicht ab.

„Macht nichts. Ich wollte dir nur sagen, dass ich dich ganz doll lieb habe“, rufe ich fröhlich und renne wieder zurück in die Küche.

Dort haben Jonas und Kassia meiner Freundin Paula inzwischen wohl den Kopf gewaschen, denn sie guckt ganz bedröppelt.

„Hab gar nicht mehr dran gedacht, Maxie“, sagt sie und zieht einen Schmollmund. „’tschuldigung.“ Sie klimpert mit ihren Wimpern wie Bambi.

Zu schnell will ich aber nicht auf lieb machen und deshalb sage ich etwas schnippisch: „Ist ja auch nicht deine Mutter, die sich plötzlich verliebt hat. Aber warte mal …“

Mehr sage ich nicht, sie weiß auch so, was ich damit meine. Ihre Mutter wird ganz sicher auch mal jemanden kennenlernen, der sich in sie verknallt. Schließlich ist sie nach Mama die netteste Mutter, die ich kenne.

Bevor Paula zurückzicken kann, mischt sich Kassia ein. „Okay, Jonas und Maxie sollten jetzt aber mal los", mahnt sie. „Sonst sind unsere Zielpersonen mit dem Essen fertig und auf dem Heimweg, bevor sie überhaupt an der Blauen Lagune angekommen sind."

Ich schnappe mir mein Fahrrad und Jonas startet auf seinem Rennrad durch. Vorher habe ich noch schnell das dunkelgraue Sweatshirt von Kassia übergezogen, damit unsere Mutter mich nicht gleich erkennt.

Das Restaurant heißt aus einem bestimmten Grund Blaue Lagune – es ist nämlich wie eine romantische Bucht geschmückt und selbst der Gastgarten schaut aus wie eine Lagune mitten im Meer. Eigentlich ziemlich hübsch.

Wir haben Glück. Das Wetter ist noch so mild, dass Mama und Herr Pfeffer draußen sitzen. Sie haben eindeutig den besten Platz und ich frage mich, ob Sebastian ihn extra für diese Verabredung ausgesucht hat. Ihr Tisch steht unter einem alten Kastanienbaum, um dessen untere Äste Herzchen-Lichterketten geschlungen sind, die im Schatten der Blätter schummriges blaues Licht erzeugen.

Gerade stoßen die beiden mit Rotwein an und Sebastian Pfeffer sagt etwas, was meine Mutter ganz schrecklich zum Lachen bringt. So heftig, dass sie gar nicht mehr aufhört. Ich bin echt baff.

„Wir stellen unsere Fahrräder am besten ein Stück entfernt ab“, wispert mir Jonas ins Ohr. „Damit wir im Krisenfall schnell flüchten können.“

Ich nicke zum Zeichen, dass ich ihn verstanden habe.

Zum Glück ist Sommer und die Blaue Lagune ist umgeben von Blumenkübeln mit blühenden Pflanzen. Sonst würde man uns sofort sehen.

„Wir müssen näher ran“, zische ich, als der Kellner zwei große Teller mit Spaghetti bringt. „Sonst kannst du keine Fotos machen.“

Kassia hat Jonas gnädigerweise ihr Handy überlassen – aber natürlich hat sie sich vorher genau aufgeschrieben, wie viel Guthaben noch auf der Karte ist.

Wir hechten hinter einen Malvenstrauch und lassen die beiden nicht aus den Augen. Sie scheinen wirklich jede Menge Spaß zu haben und Mama isst Meeresfrüchte-Nudeln. So etwas bestellt sie sonst nie.

Ein paar Musiker entern den Gastgarten und beginnen, schnulzige italienische Lieder zu spielen. Sie erinnern mich an einen kitschigen Film, den ich vor einiger Zeit anschauen durfte, als ich krank war. Der Sänger, der seine Haare mit viel Fett angeklatscht hat, stellt sich dreist vor den Tisch unserer Eltern und singt für sie. Was für ein peinlicher Typ! Zum Glück ist Sebastian Pfeffer selbst Musiker. Ich hoffe, er wird diesem Kerl etwas erzählen – von falschen Quinten und viel zu lang gezogenen Terzen oder so. Irgendetwas Vernichtendes wird ihm schon einfallen.

Aber nein, nichts dergleichen passiert. Im Gegenteil! Herr Pfeffer holt einen Fünf-Euro-Schein aus seiner Jackentasche und belohnt den nervigen Sänger auch noch.

„Weichei!“, flüstert Jonas neben mir. Er hat eine ganz kratzige Stimme.

Anscheinend denkt er gerade dasselbe wie ich – wieder einmal.

Schlagartig tut mir Jonas furchtbar leid. So einen sprunghaften Vater hat er echt nicht verdient.

Angelockt durch die fünf Euro kommen die anderen Musiker nun auch herbei. Und während der Kellner weitere Teller mit Fleisch und Salat bringt, legt der Gitarrist sein Instrument ab und fordert meine Mutter zum Tanzen auf.

„Spinnt der?“, rufe ich empört.

„Pscht!“ Jonas hält warnend den Finger vor den Mund.

Der Musiker zieht Mama an der Hand hoch und die lacht sich auch noch kaputt dabei. Dann setzt wieder die kitschige Melodie ein und meine Mutter tanzt! Die Leute an den anderen Tischen klatschen und rufen Bravo.

Ich schlage meine Hände vors Gesicht und würde am liebsten wie Rumpelstilzchen vor Scham und Ärger im Boden versinken. Was ist nur mit Mama los?

Als ich nach einer halben Ewigkeit wieder aufschaue, sehe ich, wie Jonas mit dem Handy zwischen den Blütenzweigen filmt. Man kann mit Kassias Telefon nämlich auch kleine Videos machen.

„Tanzt Mama immer noch?“, flüstere ich.

Jonas antwortet nicht, sondern dreht konzentriert weiter seinen Beweisfilm. „So“, sagt er schließlich mit einem zufriedenen Gesichtsausdruck. „Das hätten wir im Kasten.“

„Hat sie aufgehört?“, erkundige ich mich mit zitternder Stimme.

Jonas nickt. „Aber zuletzt hat Papa auch noch mitgetanzt. Sah gar nicht so schlecht aus." Das hört sich ja beinahe stolz an!

„Häh?", schreie ich auf. „Lass die dummen Witze!"

Jonas kneift mich schmerzhaft in den Arm. „Maxie, nimm dich zusammen. Wenn du weiter so herumkreischst, fliegt unsere ganze Tarnung auf."

Jonas hat natürlich wieder einmal Recht. Ich habe mich überhaupt nicht im Griff. Aber ist das ein Wunder?

„Zu schade, dass wir keinen Ton auf das Video kriegen – außer dieser albernen Dudelmusik", dringt Jonas' Stimme in meine alarmierten Gedanken. „Wir müssen näher ran. Aber wie?" Er schaut sich suchend um.

„Ich hab's", flüstert er schließlich. „Die einzige Möglichkeit, sie zu belauschen, ist der Kastanienbaum. Wir könnten versuchen, auf den Baum zu klettern und das Mikro auf sie zu richten." Er schaut mich fragend an. „Was meinst du, Maxie? Schaffst du das?"

Bevor ich vor Schreck losschreien kann, hält er mir die Hand auf die Lippen. „Pscht!", sagt er mahnend.

„Ich klettere auf gar keinen Fall auf diesen Baum direkt über Mama und Sebastian", zische ich aufgebracht zurück. „Du bist wohl von allen guten Geistern verlassen." Ich verschlucke mich vor Aufregung an meiner eigenen Spucke und muss wie der Teufel zu meinem Fahrrad rennen, um dort heftig zu husten.

Als ich zu Jonas zurücklaufe, schaut er mich mit so einem Schlangenbeschwörer-Blick an, dass ich mir am liebsten auf der Stelle wieder die Augen zuhalten würde. Es ist so ein Du-musst-das-jetzt-machen-um-uns-alle-zu-retten-Blick.

Jule guckt auch manchmal so. Zum Beispiel, wenn sie unbedingt den allerletzten Pfannkuchen haben möchte.

„Du bist die Einzige, die in Sport am Seil bis unter die Decke kommt", sagt Jonas bittend. „Und du bist auch schon über den Schulzaun gestiegen und hast Äpfel vom Nachbarn gemopst. Ich hab's von oben gesehen. Niemand kann so gut klettern wie du, Maxie. Wenn ich irgendwo raufsoll, sehe ich aus wie ein nasser Sack und fall gleich wieder runter."

Ich schüttle verlegen den Kopf. „Das ist doch Quatsch, Jonas", wehre ich das Lob ab. Dabei geht es mir in Wirklichkeit runter wie Öl. „Ich habe eigentlich Höhenangst. Sobald ich nach unten schaue, liege ich da auch schon."

Aber so schnell lässt ein Pfeffer nicht locker. Er überhört meine Einwände einfach. „Hör zu, du musst wirklich nur für ein paar Minuten von hinten über die ganz breiten Äste auf den Baum klettern. Die sehen fast wie Treppenstufen aus. Das Handy befestige ich an einer Schnur, und nachdem du auf die Aufnahme-Taste gedrückt hast, lässt du es ganz vorsichtig durch die Zweige nach unten. Quasi wie eine Angel. Wenn ich dir hinter den Malven ein Zeichen gebe, kannst du das Handy wieder raufziehen und auf *Stop* drücken. Alles verstanden?"

Als Nächstes finde ich mich auf dem untersten Ast der Kastanie wieder und denke, ich muss total wahnsinnig sein. Sicher wird mich sofort jemand entdecken und mit dem Finger auf mich zeigen, noch sicherer werden Mama und Sebastian Pfeffer nach oben gucken und sich wundern und ganz sicher werde ich dann vor Schreck in ihren Spaghetti-Tellern landen und meine Mutter wird das gar nicht lustig finden.

Erst einmal geht jedoch alles gut.

Ich komme ziemlich nah an die beiden ran und höre sogar, dass Mama mehrmals meinen Namen sagt. Das ist ja sehr interessant. Jetzt ist meine detektivische Nase plötzlich auch angespitzt. Zu gerne möchte ich erfahren, was Mama ausgerechnet Herrn Pfeffer über mich erzählt.

Dass sie mit ihm über mich spricht, finde ich schon

ganz schön fies. Was auch immer sie über mich sagt: Herrn Pfeffer geht es überhaupt nichts an!

Ich lasse das Handy wie eine Angel hinunter. Verflixt, ich habe ja ganz vergessen, den *ON*-Knopf zu drücken. Also noch mal nach oben.

Langsam komme ich ins Schwitzen. Detektive haben anscheinend keinen besonders leichten Beruf.

So. Nun wieder nach unten lassen. Ein wenig komisch ist das schon. Gleich habe ich Mama und Sebastian Pfeffer so gut wie an der Angel.

Leider verhält sich meine Angel alles andere als angelmäßig. Das Handy will einfach nicht ruhig nach unten baumeln. Im Gegenteil. Wie das Pendel einer Wahrsagerin gewinnt es immer mehr an Fahrt. Das grenzt ja direkt an Zauberei.

Ich blicke Hilfe suchend zu Jonas hinüber, aber der guckt nur ziemlich entsetzt. Das ist gerade nicht sehr hilfreich. Es wäre mir lieber, er hätte den Schlangenbeschwörer-Blick drauf oder den eines Hypnotiseurs.

Im letzten Moment, als das Handy schon wilde Kreise und Kurven schlägt, kapiere ich endlich, was die Turbulenzen verursacht.

Ich selbst! Ich zittere auf diesem bescheuerten Baum wie ein totaler Feigling. Selbst meine Zähne klappern vor Angst.

Also nichts wie runter, damit ich wieder festen Boden unter die Füße kriege. Da kann Jonas mit mir meckern, so viel er will. Gerade als ich das Handy im Zeitlupentempo nach oben ziehe – jetzt bloß nicht die Nerven verlieren, jetzt bloß nicht die Nerven verlieren – höre ich eine Frauenstimme kichern: „Guck mal, Charly. Hier wachsen die Handys schon an den Bäumen."

Entsetzt schaue ich nach unten. Gerade in diesem Moment schauen Mama und Sebastian Pfeffer neugierig nach oben. Mir bleibt das Herz stehen. Ich kann sogar Mamas unterschiedliche Augenfarben erkennen – sie hat links ein blaues und rechts ein grünes Auge – und den kleinen Hund um ihren Hals.

Aber wie durch ein Wunder entdecken sie mich nicht.

Stattdessen ruft Herr Pfeffer laut: „Sieh doch mal, Klementine. Eine Sternschnuppe!" Er deutet an mir vorbei in den Himmel.

„Oh wie schön", sagt Mama. „Augen zu und ganz schnell was wünschen!"

Und während Mama, Sebastian Pfeffer und die halbe Blaue Lagune sich jetzt etwas wünschen, klettere ich mit meinen Puddingbeinen von dem Kastanienbaum herunter und rette mich neben Jonas hinter den Malvenbusch.

„Ich bin ja so was von fertig“, keuche ich und würde vor Erschöpfung am liebsten losheulen. „So eine Angst hatte ich noch nie im Leben!“ Ich wische mir eine einzelne Träne aus dem Augenwinkel.

„Fertig!“, sagt Jonas zufrieden und strahlt mich an. „Hast du dir auch was gewünscht, Maxie? So helle Sternschnuppen gibt es nur alle Jubeljahre mal.“

Boah! Im Nu jagt mein Puls in noch astronomischere Höhen, falls das überhaupt möglich ist. „Du bist echt eine total doofe Pfefferpfeife!“, meckere ich los. „Ich riskiere mein Leben auf einem Kastanienbaum für uns und du guckst in die Luft und hältst nach Sternschnuppen Ausschau. Ich bin fast abgestürzt, weil ich da oben eine Schwindelattacke hatte.“

Ich habe die Faxen plötzlich richtig dicke und stehe auf. „Ich will jetzt sofort nach Hause“, sage ich und kann nicht verhindern, dass sich das ziemlich weinerlich anhört. Ich renne schon mal vor zu meinem Fahrrad und schwinge mich auf meinen Sattel.

Bevor ich in die Pedale treten kann, hat mich Jonas eingeholt und hält meinen Lenker fest. „Halt!“, sagt er. „Maxie, ich finde, du bist eine richtige Heldin. Wie du da oben im Baum gehangen hast – mir wurde total schummrig. Für heute haben wir doch schon richtig viel herausgefunden und Fotos haben wir auch. Wir können ja nicht alles an einem Abend schaffen, das ist bei richtigen Profis auch nicht so, und schief geht auch mal was. Vielleicht ist ja doch ein Ton auf dem Handy. Das checken wir zu Hause gleich mal. Okay?"

Ich hole tief Luft. Plötzlich weiß ich selbst nicht mehr, warum ich gerade fast durchgedreht bin. Aber seit unser Papa nicht mehr lebt, waren wir immer alle mit Mama zusammen und jetzt geht sie plötzlich mit diesem Sebastian Pfeffer aus und lacht sich ohne uns kaputt. Das ist irgendwie ungerecht. Oder nicht?

„Übrigens, der Wunsch an die Sternschnuppe eben, den hab ich für dich mitgewünscht", sagt Jonas und kratzt sich verlegen an der Nase.

„Ist ja nett", sage ich. „Danke." Auf einmal werde ich tatsächlich rot, ich dumme Pflaume. Hastig radle ich los und achte darauf, dass mich Jonas bis zu Hause nicht mehr einholt.

„Leute, auf keinen Fall werde ich Detektivin, wenn ich mit der Schule fertig bin“, kreische ich aufgekratzt und stürme auf den Dachboden. Dort erwarten uns Paula und Kassia schon sehnsüchtig.

„Mir tut jeder Knochen weh vom Beobachten und dann hat mich Jonas auch noch für Tonaufnahmen in einen Kastanienbaum gescheucht, aus dem ich beinahe abgestürzt wäre.“ Ich werfe mich bäuchlings auf das Matratzenlager und vergrabe mein heißes Gesicht in den vielen Kissen.

„Das ist ja gemein!“, ruft meine Schwester Jonas entgegen, der gerade mit Rucksack und Beweismaterial bepackt hinterherkommt.

„Was denn?“, fragt er verdutzt. „Maxie, also echt! Du hast dein Rad einfach so in den Vorgarten gekippt“, sagt er vorwurfsvoll. „Das kann da doch jeder wegklauen. Ich habe es erst einmal mit meinem Rennrad zusammen angeschlossen.“ Er setzt sich neben mich und rüttelt an meiner Schulter.

„Lass meine Schwester in Ruhe, Jonas“, schimpft Kassia weiter. „Ich habe wirklich gedacht, du bist vernünftiger. Das hätte übel ausgehen können.“

So langsam beruhige ich mich wieder und setze mich auf. Ich sehe das fragende Gesicht von Jonas und muss sofort fast wieder losbrüllen vor Lachen. Keine Ahnung, warum. „Nicht so schlimm“, gluckse ich zwischen zwei Lachern. „Kassi. Ganz ehrlich.“

Kassia runzelt die Stirn. „Ja was denn nun, Maxie? Kannst du mal wieder normal werden?“

Paula hat bis jetzt noch gar nichts gesagt, aber jetzt meint sie besorgt: „Hast du einen Schock von irgendetwas, Maxie? Manche Leute müssen dann lachen und hören gar nicht mehr auf. Hat unsere Biolehrerin erzählt.“ Sie schaut Jonas an und fragt rundheraus: „Nun sag schon: Haben eure Eltern sich etwa geküsst oder so was Schlimmes?“

Mir vergeht schlagartig das Lachen. „Gequirlter Quark, Paula. Wie makaber bist du denn? Natürlich nicht“, stelle ich die Sache klar.

Jonas verdreht die Augen. „Ich habe keine Ahnung, was hier gerade los ist. Interessiert sich vielleicht irgendjemand für das Beweismaterial?“ Er öffnet seinen Rucksack und holt das Handy heraus.

„Zeig sofort her!“ Kassia und Paula stürzen sich

gleichzeitig auf ihn und reißen ihm das Telefon aus der Hand. Nach einem kurzen Gerangel erobert Kassia es, indem sie meine Freundin rüde auf das Matratzenlager schubst. Das kenne ich gar nicht von ihr, normalerweise lässt sie sich auf solche Zweikämpfe gar nicht erst ein.

„*Mein* Handy“, sagt sie drohend, als Paula sich aufrappelt, um es doch noch zu ergattern. „Und *meine* Mutter!“

„*Unsere* Mutter!“, korrigiere ich sie. So viel Zeit muss sein.

Kassia zappt sich durch die Bilder. „Eh, was soll das denn? Man sieht ja nur komische Blütenblätter und Gestrüpp!“, ruft sie nach ein paar Sekunden enttäuscht. „Habt ihr eine naturkundliche Fotostudie gemacht? Oder waren Mama und Sebastian schon weg?“

Jonas guckt erschrocken. „Echt?“, sagt er kleinlaut. „Mist. War nicht gerade einfach, den richtigen Bildausschnitt zu kriegen. Die beiden durften uns ja nicht entdecken, deshalb haben Maxie und ich uns hinter so kitschigen Blumen versteckt.“ Er macht ein ganz unglückliches Gesicht.

„Mach dir nichts draus, Jonas“, komme ich ihm zu Hilfe. „Kassia hat einen ganz nervigen Humor. Die schwindelt bestimmt, um dich zu ärgern.“

Kassia stößt einen ungeduldigen Laut aus – wie Herr Schiller, wenn er rülpst. „Dann guckt doch selber, ihr Superpaparazzi!" Sie wirft mir das Handy auf die Matratze.

Tatsächlich. Ein halber botanischer Garten ist darauf zu sehen, aber weder unsere Mutter noch Sebastian Pfeffer.

„Ausnahmsweise hat Kassia Recht!" Ich gucke nur Jonas an. Auf einen besserwisserischen Blick meiner Schwester habe ich jetzt echt keine Lust. „Jede Menge hübsche rosa Blüten vor hellgrünen Blättern", sage ich tröstend. „Nur leider kein Sonnenblumenkleid auf weiter Flur …"

Ich merke, wie tief unten in meinem Bauch wieder das Gegluckse losgeht.

„Die Tonaufnahme ist sicher auch nicht viel besser", sage ich kichernd und drücke schnell auf *Play* und *Lautsprecher an*. Für diese Prognose brauche ich kein Hellseher zu sein. Ich kann mich nur zu gut erinnern, wie ich in der Baumkrone herumgeschwankt bin.

Bingo! Außer gigantischem Blätterrauschen und einem hellen Aufschrei: „Guck mal, Charly! Hier wachsen die Handys schon an den Bäumen", hört man gar nichts.

„Na toll“, sagt Kassia düster. „Maxie und Jonas, die Superermittler – das Traumteam des Grauens …“

Ich drücke auf *Stop*. „Mach es erst mal besser. Du wärst gar nicht erst auf den Kastanienbaum hinaufgeklettert“, sage ich bissig.

Kassia antwortet nicht, aber sie funkelt mich bitterböse an. Sie ist nicht besonders sportlich und leidet darunter, weil sie immer und überall die Beste sein möchte.

„Hört auf, euch zu streiten“, mischt sich Jonas ein. „Ist doch nicht schlimm, dass die Aufnahmen nicht geklappt haben. Schließlich haben Maxie und ich mit vier Augen gesehen, was wir gesehen haben, und das ist schlimm genug.“ Er presst die Lippen aufeinander. Wahrscheinlich erinnert er sich gerade daran, wie innig unsere Mama und sein Vater miteinander zu dieser schrecklichen Kitschmusik getanzt haben.

„Was habt ihr denn Schreckliches gesehen?“, fragt Kassia beunruhigt.

Selbst Paula guckt plötzlich ganz angespannt.

Jonas holt tief Luft und gibt eine knappe Zusammenfassung von dem, was wir ermittelt haben.

„Glaubt mir“, ergänze ich dramatisch. „Wir haben echt gelitten.“

„Mama hat Muscheln gegessen?“, wiederholt Kassia naserümpfend. „Igitt!“ Sie macht sich Notizen in ihr Sternentagebuch. „Tanzen. Italienische Schnulzen“, murmelt sie vor sich hin. Dabei schüttelt sie ständig ihren Kopf hin und her. Schließlich springt sie auf und guckt durch ihr Teleskop in den Himmel. Minutenlang.

„Kassia?“, sage ich ungeduldig. „Erde an Kassia, Erde an Kassia! Funkverbindung abgerissen. Erwarten dringend Rückmeldung.“

Paula kichert leise. Sie denkt vermutlich, ich spinne. Aber ich habe so meine Erfahrungen mit Kassi, wenn sie durch diese Röhre starrt. Da werden aus Minuten schnell ein paar Stunden.

„Häh?“ Meine Schwester dreht sich erstaunt um. „Was ist denn?“

Jetzt guckt Paula, als ob Kassia einen Dachschaden hätte. Ich kann es ihr nicht übel nehmen. Es ist ja schon ein paar Jahre her, dass sie mit uns zusammengewohnt hat. Und damals hatte Kassia ihre Planetenmacke noch nicht.

„Möchtest du vielleicht noch etwas zu unseren Ermittlungen beisteuern?“, frage ich deshalb geduldig. „Oder bist du gerade wieder mit Mork vom Ork am Quatschen?“

Kassia runzelt unwillig die Stirn. „Ich habe nur versucht, mich zu konzentrieren“, sagt sie. „Was ist daran so ungewöhnlich?“

Jonas lächelt sie versöhnlich an. „Kenn ich. Ich kann am besten nachdenken, wenn ich im Bett liege und die Augen zuhabe. Das ist so ähnlich.“

Ich sehe Kassia an, dass sie es einen himmelweiten Unterschied findet, im Bett zu faulenzen oder ins unendliche All zu blicken, aber sie ist so gnädig, Jonas nicht gleich wieder eine spitzfindige Bemerkung überzubraten. Darüber bin ich irgendwie erleichtert. Kontakt zur Erde wieder hergestellt.

„Die Beweise reichen nicht aus, um etwas zu unternehmen“, fährt sie fort. „Wir haben nichts, was wir Mama oder Sebastian unter die Nase halten können, um sie zur Rede zu stellen. Außer euren Aussagen – aber die sind natürlich subjektiv eingefärbt und deshalb nicht zu gebrauchen.“

Jonas schnippt hektisch mit den Fingern. „Halt! Wieso das denn? Maxie und ich sind doch nicht blind!“, ruft er aufgebracht.

„Das habe ich auch nicht gesagt“, antwortet Kassia in ihrem total nervigen Ich-erkläre-dir-jetzt-mal-die-Welt-Tonfall. „Aber ihr seid vorbelastet, weil ihr nicht wollt, dass die beiden ein Paar sind. Und ihr seid

Familienmitglieder. Jedes Gericht würde eure Aussagen sofort anzweifeln."

Eines muss man Kassia wirklich lassen: Ihre Argumente sind immer hieb- und stichfest. Selbst Jonas gibt sich erst mal geschlagen, weil ihm offenbar nichts einfällt, was er dagegenhalten könnte.

„Jetzt mal ehrlich: Das ist doch keine Gerichtsshow und es hat auch niemand was verbrochen", mischt sich Paula unerwartet ein. „Vielleicht haben eure Eltern sich ja wirklich lieb. Was ist daran so schlimm? Anscheinend ist Herr Pfeffer so in Tante Klementine verknallt, dass er auf einmal sogar Tiere mag. Ist doch cool!"

Wenn böse Blicke jemanden durchlöchern könnten, dann wäre Paula jetzt so löchrig wie Mamas großes Spaghettisieb. Sechs Augen durchbohren sie mit nicht besonders frommen Wünschen, schätze ich. Und sie merkt das ausnahmsweise mal sofort.

„Okay, okay!", sagt sie abwehrend und hält ihre Handflächen wie einen Schutzschild vor sich. „Ist bloß meine Meinung zu der Sache. Bevor ihr alle komplett hysterisch werdet."

„Stell dir vor, es hat dich gar keiner nach *deiner* Meinung gefragt", sage ich schroff. „Es ist nämlich auch nicht *deine* Mutter. Oder *dein* Vater."

Kassia nickt zustimmend. „Richtig. Und deshalb können *deine* Gefühle nicht so von Mamas und Sebastians Verhalten durcheinandergewirbelt werden wie *unsere*."

Donnerwetter! Meine Superhirn-Schwester hat mir Recht gegeben. Ich werde verrückt.

„Genau", sagt Jonas auch noch schnell.

Paula verzieht schmollend den Mund. „Mir egal", sagt sie. „Ich les noch ein bisschen." Sie schnappt sich das Nächstbeste, was sie finden kann, und das ist ausgerechnet ein Pferdebuch von Jule. Konzentriert beginnt sie zu lesen, als ob die Story superspannend wäre.

„Also", sagt Jonas, nachdem er Paula eine Weile wortlos angestarrt hat.

Ich glaube fast, dass er nicht mehr so begeistert ist von ihr wie anfangs. Möchte gerne wissen, warum mich das plötzlich freut? Das ist schon ziemlich beknackt von mir. Aber ich habe gerade keine Lust, genauer darüber nachzudenken. „Also was?", frage ich zurück.

„Also, wie geht es mit unserem Plan weiter?"

Ich weiß es nicht, ganz ehrlich. Und deshalb gucke ich Kassia an. Sie malt schon wieder in ihrem Heft herum. Dreiecke, Kreise, komische Pfeile und große Buchstaben.

„Hast du wieder eine neue Sternenumlaufbahn entdeckt, Schwesterchen?“, heuchle ich Interesse.

„Quatsch. Das ist unser Plan“, sagt Kassia. „Der nächste Schritt heißt: abwarten, was passiert.“

Jonas und ich gucken gleichermaßen verwundert, aber keiner traut sich, Kassia zu widersprechen. Denn, wie ich schon tausendmal gesagt habe: Sie hat eigentlich immer Recht.

„Oooooookay“, antworte ich zögernd. Und auch das habe ich heute schon gefühlte tausendmal gesagt.

„Ich hab Hunger auf was Süßes“, sagt Jonas plötzlich. „Ist noch was von dem Nachtisch da?“

Das ist die beste Idee des heutigen Abends, ganz ohne Zweifel. Wir stürzen in die Küche, selbst Paula. So spannend kann ihr Buch also nicht sein, haha.

Ich bin richtig wild darauf, mir alles auf einmal reinzustopfen. In ein paar Sekunden sieht der Tisch wie ein Schlachtfeld aus.

„Wollen wir den Kleinen auch noch was bringen?“, fragt Paula und schiebt sich noch schnell den letzten Tartufo in ihren verschmierten Mund.

„Stimmt ja.“ Jule und Lukas im Stall hatte ich total vergessen. Dass mich ausgerechnet Paula daran erinnert. Irgendwie schäme ich mich etwas.

Wir nehmen Mamas Einkaufskorb und packen alles hinein, was noch übrig ist. Es ist nicht gerade viel und deshalb fege ich sogar noch die Schokokrümel von der Tischplatte in eine Tasse. In Mamas Giftschrank – so nennen wir die Abteilung mit den Süßigkeiten, weil wir eigentlich nichts davon nehmen dürfen, ohne vorher zu fragen – finde ich eine ganze Tafel Nussschokolade. Die lege ich einfach noch dazu.

Als wir die Tür zum Stall aufreißen, denken wir im ersten Augenblick, dass Jule und Lukas ausgebüxt sind, und ich kriege einen Riesenschrecken.

Aber dann entdeckt Jonas die zwei im Stroh. Sie haben sich ganz eng aneinandergekuschelt (bestimmt hat sich Lukas gefürchtet, mal wieder typisch) und sehen so friedlich schlafend unheimlich süß aus.

Ein Stück entfernt steht Eddy und schlummert ebenfalls vor sich hin. Er hebt nur kurz das linke Augenlid und gibt einen kehligen Laut von sich.

Ich stelle den Korb behutsam neben dem Strohbett ab und dann schleichen wir auf Zehenspitzen hinaus, damit wir die beiden nicht aufwecken.

Mama und Herr Pfeffer sind immer noch nicht zu Hause. Seltsam. So viel kann man doch an einem einzigen Abend gar nicht essen.

Aber irgendwie hat keiner mehr Lust, darüber nachzudenken, denn wir sind auf einmal alle todmüde. Deshalb verteilen wir nur noch eilig die Matratzen in Kassias Sternwarte kreuz und quer auf dem Holzfußboden und suchen alle Decken zusammen, die wir finden können.

Jonas schläft heute bei uns. Das finde ich echt cool, obwohl er ein Junge ist. Es wäre auch wirklich gemein, ihn ausgerechnet an so einem Tag ganz alleine ins Pfefferhaus zu schicken.

Nachdem ich es mir unter meinem Deckenberg so richtig gemütlich gemacht habe, bin ich fast wieder munter. Jedenfalls habe ich Lust, noch ein wenig mit Jonas über dies und das zu quatschen.

Aber gerade als ich loslegen will, höre ich ein seltsames Geräusch. Fast wie Eddy, wenn er Schluckauf hat. Verwirrt höre ich mich um und fasse es kaum: Die Töne kommen tatsächlich aus Jonas' Richtung. Der Junge schnarcht, was das Zeug hält.

Gleich darauf pfeift Paula los. Sie hat nämlich verstopfte Nebenhöhlen. Die Einzige, die einfach nur die Augen zumacht und ratzt, ist meine liebe Schwester Kassia. Aber von der erwartet man ja auch nichts anderes.

Tja. Dann werde ich wohl auch mal schlafen. Bevor mir die Augen zufallen, sehe ich noch das Foto von Papa an der Holzwand. Er lacht fröhlich.

„Gute Nacht, Papi!“, flüstere ich und schicke ihm einen Luftkuss. „Keine Sorge, das mit Mama und Sebastian kriegen wir schon geregelt.“

Hoffentlich geht es unserem Vater auf dem Papa-Planeten, den Kassia vor einiger Zeit zufällig durch ihr Teleskop entdeckt hat, so richtig gut.

„Mama!?“ Ich wache mit dem mulmigen Gefühl auf, dass ich einen schrecklichen Albtraum hatte. Auch wenn ich mich an seinen Inhalt nicht mehr erinnern kann.

Alle anderen schlafen noch, stelle ich mit einem schnellen Blick fest.

Ich schleiche mich leise zur Treppe und laufe Richtung Küche. Es riecht göttlich nach frischem Backwerk. Marmorkuchen? Schoko-Muffins?

Mama deckt gerade den Küchentisch.

Gott sei Dank!

Irgendwie plumpst mir gerade ein dicker Mühlenstein vom Herzen. Ich habe es tatsächlich für möglich gehalten, dass unsere Mutter nicht zu Hause ist, weil sie in Zukunft viel lieber mit Sebastian Pfeffer frühstücken will.

Aber zum Glück ist sie wie immer hier bei uns, und da gehört sie ja auch hin. Und supergute Laune hat sie, stelle ich fest. Denn sie hat schon wieder eines dieser süßen Sommerkleider an, die sie eigentlich nie anzieht, und lächelt vor sich hin.

„Kommt jemand zum Frühstück?", frage ich plötzlich misstrauisch.

„Maxieschatz, guten Morgen erst einmal. Ist meine Langschläferin tatsächlich als Allererste wach?" Sie nimmt mich in den Arm und knutscht mich so laut auf die Wange, dass es in meinem Ohr knallt.

„Natürlich kommt heute jemand zum Frühstück", antwortet sie lachend und beginnt sogar, Servietten zu falten.

„Wer denn?" Ich merke, wie hysterisch meine Stimme plötzlich klingt. Ich rechne mit dem Schlimmsten und bereite mich darauf vor, dass in der nächsten Sekunde Sebastian Pfeffer verlegen in unsere Küche stolpert.

Auch Mama hört das heraus und schaut mich überrascht an.

„Wer kommt denn so, Mamaschatz?", frage ich möglichst harmlos. Ich falte eine Servietten-Seerose und gleich noch eine zweite, damit ich ihr dabei nicht ins Gesicht sehen muss.

„Ist das dein Ernst, Maxie?"

Oh, Mann. Klaro. Wieso redet meine liebe Mutter nur so um den heißen Brei herum? Ich sterbe wirklich nicht, nur weil mein Musiklehrer zum Frühstück kommt. Im Gegenteil. Ich habe sogar vollstes Verständnis dafür. Die zwei haben sich ja schon mindestens sieben Stunden nicht gesehen und waren davor nur gefühlte tausend Stunden miteinander aus.

„Mein voller Ernst!“, antworte ich ihr mit fester Stimme.

„Na gut. Aaaaaaalso es kommen zu meinem tollen Frühstück mit frisch gebackenem Rosinenstuten: du, deine Schwestern Kassia und Jule, deine Freundin Paula, dein Freund Jonas, sein kleiner Bruder Lukas und ich.“ Sie setzt einen Topf mit Milch für Kakao auf die Herdplatte.

„... und sonst niemand?“

Meine Mutter dreht sich abrupt um. „Reicht dir das etwa nicht?“ Sie schüttelt den Kopf. „Oder hast du heimlich noch jemanden eingeladen? Manchmal blick ich bei dir nicht ganz durch, Maxie.“

Ich bei mir selbst auch nicht. Oder warum stelle ich dann so bescheuerte Fragen, die mich in Schwierigkeiten bringen?

„Nö, ist schon in Ordnung“, sage ich schnell. „Ich wollte nur testen, ob du alle Leute zusammenkriegst.“ Ahhh. Mit jeder Silbe wird mein Fettnapf größer. Warum steht nur niemand anders auf und rettet mich?

Zum Glück kocht in diesem Augenblick die Milch über und Mama springt mit einem Aufschrei zum Herd, um das Schlimmste zu verhindern.

„Die Milch brennt an, Mama!“

Jule, meine Sonne!

Schon lange habe ich mich frühmorgens nicht mehr so gefreut, das freche Gesicht meiner kleinsten Schwester zu erblicken.

Sie lugt spitzbübisch um die Ecke. Anscheinend ist sie gerade erst aufgewacht, denn sie ist barfuß und im Schlafanzug. Außerdem hat sie jede Menge Strohhalme im Haar.

„Noch so eine Neunmalkluge!“, ruft unsere Mutter und rührt Kakaopulver in die Milch. „Wo ist Lukas?“ Sie schaut Jule fragend an.

„Der füttert Eddy und macht sein Heu frisch“, antwortet Jule, und als sie Mamas Blick auffängt, fügt sie erklärend hinzu: „Das wollte er unbedingt alles alleine machen.“

„Jule, du kannst mal die anderen zusammentrommeln und Maxie, schneidest du bitte den Rosinenstuten auf?“ Sie zeigt auf den Backofen.

Jule stürmt mit mörderisch lautem Gejohle auf den Dachboden. Ich kichere schadenfroh und freue mich, dass ich bereits wach bin.

Augenblicke später trampeln Paula, Jonas und Kassia laut schimpfend die Treppen herunter.

„Wow!“, sagt Kassia und starrt auf den gedeckten Tisch und die Seerosen. „Kommt jemand zum Frühstück?“

Ahhhh! Habe ich schon mal gesagt, dass ich meine Schwestern liebe? Ich könnte Kassia abknutschen. Stattdessen kriege ich einen gigantischen Lachanfall.

„Habt ihr euch abgesprochen?“, fragt Mama verwirrt. „Oder ist das so was wie ein Treppenwitz?“ Sie verteilt die Kakaotassen auf dem Tisch.

„Was ist ein Treppenwitz, Mami?“, fragt Jule neugierig und schnappt sich das leicht angebrannte Randstück. Wie ich finde, das Leckerste am ganzen Stuten.

„Gib sofort her!“, befehle ich laut. „Du weißt genau, dass *ich* das immer kriege.“ Bei aller Schwesternliebe: Auf mein Lieblingsstück Rosinenstuten zu verzichten, das geht dann doch zu weit.

Als Letzter kommt Lukas in die Küche gefegt. Er hat knallrote Wangen und noch viel mehr Stroh im Haar, obwohl seines kürzer ist als Jules. „Eddy ist voll süß!“, brüllt er begeistert. „Und er hat richtig mit mir gesprochen, ganz ehrlich.“

Jonas verzieht spöttisch den Mund. „Kein Wunder. Esel unter sich eben.“

BEER
BUTTER

Aber ganz überraschend hat Lukas keine Lust auf Streit. Er findet das leckere Frühstück auf dem Tisch viel interessanter als seinen großen Bruder.

Wir mampfen alle eine Weile stumm vor uns hin und bemühen uns, möglichst schnell zu essen und auf diese Weise so viel wie möglich von Mamas leckerem Rosinenstuten abzukriegen.

Paula ist ja quasi ein Einzelkind und hat die Methoden nicht so gut drauf wie wir anderen. Deshalb hat sie erst ein Stück Stuten gegessen, als alle anderen schon bei ihrem dritten sind. „Wie macht ihr das?“, fragt sie fassungslos.

Ich beschließe, ihr unser Geheimnis großzügig zu verraten, denn der Stuten ist ohnehin gerade bis auf den letzten Krümel aufgegessen. „Den Mund so voll wie möglich stopfen und dann schnell mit Kakao runterspülen“, sage ich grinsend.

Das bekommt natürlich nicht jedem. Jule reibt sich den Bauch und schneidet dabei so schreckliche Grimassen, als ob sie jeden Moment platzen würde. „Ich gehe mal ein bisschen raus hüpfen, Mama!“, sagt sie und verschwindet. Wahrscheinlich hofft sie, dass der Stuten dadurch nach unten rutscht.

„Ich komm mit!“, ruft Lukas und folgt ihr eilig.

Also, mich würde das nerven, wenn jemand ständig hinter mir herrennen und mich auf Schritt und Tritt verfolgen würde.

Ich stelle mir gerade vor, Jonas wäre so drauf. Aber das scheint nicht der Fall zu sein, denn er beschäftigt sich gerade intensiv mit Paula. Anscheinend hat er schon wieder vergessen, wie sie uns gestern alle auf die Palme getrieben hat. Typisch Junge!

„Echt ulkig, deine Augenfarbe“, sagt er gerade zu ihr. „Wie die Rosine hier.“ Er hält prüfend eine übrig gebliebene Rosine neben Paulas Auge.

Haha. Ist das peinlich. Wenn er Paula damit beeindrucken will, dann hat er sich aber geschnitten. Welches Mädchen möchte schon mit einer Rosine verglichen werden?

„Ach, findest du wirklich?“, flötet Paula in diesem Augenblick und klimpert wieder ihr Bambi-Klimpern. „So etwas Witziges hat noch kein Junge zu mir gesagt.“

Ich glaube, ich höre nicht recht. Es scheint, meine beste Freundin hat es echt erwischt. Sie ist ausgerechnet in Jonas verknallt!

Das hat mir gerade noch gefehlt. Ich könnte sie in der Luft zerreißen. Schließlich haben Jonas und ich einen wichtigen Auftrag zu erledigen, nämlich unsere

Mutter und seinen Vater so schnell wie möglich wieder auseinanderzubringen. Da ist keine Zeit für Gesäusel.

„Ähm Mami, sag mal: Hast du gestern lecker gegessen ... und so?“, frage ich deshalb geradeheraus.

Meine Frage zieht. Vor allem bei Jonas. Er lässt die Rosine fallen und starrt unsere Mutter gespannt an.

Diese strahlt auf einmal über das ganze Gesicht. „Ach Maxie, es war einfach herrlich. Ich konnte gar nicht mehr aufhören zu essen, bis ich fast geplatzt bin. Die können dort so lecker kochen. Schade, dass wir das nicht schon früher einmal gemacht haben. Und die Blaue Lagune – so ein süßes Lokal. Richtig mit Livemusik und Tanz und allem, was sonst Spaß macht.“ Sie rührt träumend einen vollen Löffel Erdbeermarmelade in ihren Kaffee und nimmt einen tiefen Schluck davon, bevor ich sie daran hindern kann. Aber anscheinend fällt es ihr gar nicht auf, denn sie trinkt einfach weiter.

Livemusik! Und Spaß hat sie gehabt. Na toll. Ihre Familie scheint sie ja schwer zu deprimieren. Mir bleiben echt die Stutenkrümel im Hals stecken. So einen Quatsch habe ich schon lange nicht mehr gehört.

„Das ist ja schön“, quetscht Jonas zwischen den

Zähnen hervor und macht ein Gesicht, als hätte er in eine saure Zitrone gebissen. „Dann sind Sie ja erst mal für eine Weile satt."

Mama lacht vergnügt. „Ach, ganz ehrlich: Ich könnte schon bald wieder einen Teller Spaghetti essen. In der richtigen Gesellschaft ist alles viel netter."

Mir steigen urplötzlich Tränen in die Augen. Warum sagt Mama nur so gemeine Sachen? Sebastian Pfeffer scheint ihr ja ganz schön den Kopf verdreht zu haben.

Ich schnippe wütend die Rosine vom Tisch. Zum Glück sind meine Augen nicht rosinenbraun. Dann würde ich mir sofort gefärbte Kontaktlinsen besorgen.

Sieht so aus, als wäre Jonas genauso ein Charmebolzen wie sein Vater. Oder warum grinst Paula ihn so an, als wären ihre Mundwinkel an den Ohren festgetackert?

Ich habe das Gefühl, dass ich jeden Moment platze vor Wut. Ich weiß gar nicht mehr, wohin mit mir. Wahrscheinlich schieße ich in der nächsten Sekunde wie eine Rakete in die Luft und komme nie wieder zurück. Dann kann mich Kassia in Zukunft jede Nacht durch ihr Teleskop anglotzen.

Plötzlich kommt mir die rettende Idee. Herr Schiller! Meine unendlich süße Krähe. Warum bin ich nicht schon früher darauf gekommen? Ich bin jetzt genau in der Stimmung für einen richtig fiesen Rap.

„Bin gleich wieder da!“, rufe ich und stehe so hastig auf, dass ich meinen Stuhl umwerfe. Als ich Mamas Stirnrunzeln bemerke, sage ich noch schnell: „Ich helf dann auch gleich beim Tischabräumen“, und verschwinde auf den Dachboden.

Auf dem Dachboden ist es so friedlich und still, dass ich für einen kurzen Augenblick die Hoffnung habe, dass die Welt gerade doch nicht im Chaos versinkt.

Herr Schiller döst auf dem höchsten Balken vor sich hin. Wahrscheinlich freut er sich, dass mal Ruhe ist. Ich habe das Gefühl, dass der viele Lärm, den wir alle verursachen, und Daisys Gebell ihn ganz schön nerven.

„Guten Morgen, Herr Schiller“, säusle ich. „Mein süßer Prinz!“ Ich strecke die Hand nach ihm aus.

Die schönste Krähe auf der ganzen Welt öffnet ihre Knopfaugen und blinzelt mich an. Hach. Sofort wird mir ganz warm ums Herz und meine Wut löst sich wie Zuckerwatte auf.

Halt! Ein wenig Wut muss ich mir ja noch aufbewahren, sonst fällt mir kein bissiger Rap ein. Ich spule also einfach ein wenig in meinem Gedächtnis zurück und stelle mir vor, wie Jonas Paulas Augen mit einer Rosine vergleicht.

Ha! Funktioniert. Auf der Stelle ist das zornige Kribbeln im Bauch wieder da.

Herr Schiller krächzt plötzlich laut und segelt auf meine Schulter. Er pickt behutsam die allerletzten Rosinenstuten-Krümel von meinem Shirt. Dann presst er sein warmes Köpfchen fest gegen meine Wange.

Ich schließe die Augen. „Ach, du bist wirklich ein Prinz“, seufze ich wohlig. „Und vielleicht taucht ja tatsächlich irgendwann mal eine Fee auf und entzaubert dich.“

Herr Schiller gurrt wie eine Taube und ich bin fest davon überzeugt, dass er jedes Wort versteht.

Trotzdem. Ich würde jetzt echt gerne noch einen kleinen bösartigen Rap zustande kriegen. Vielleicht sollte ich einfach loslegen, obwohl ich gerade so entspannt bin, wie seit 24 Stunden nicht mehr.

Ey, Leute, ich könnt heulen,
wie sich die Jungs verbeulen
mit geistlosem Gequatsche.
Haben die im Hirn nur Matsche?
Sie fangen an zu säuseln,
bis sich die Sinne kräuseln.
Selbst meine beste Freundin
lässt sich von ihrem Mist verführ'n.

Ich find das total krass
und kriege echten Beulenhass.
Ich schieß euch in die Umlaufbahn
und hoffe, ihr kommt niemals an.
Höchstens weit oben auf dem Mars!
Danke schön.
Das war's.

Ich muss auf einmal total lachen. Bin gespannt, wie Jonas den Rap findet und ob er durchschaut, dass er eigentlich für ihn geschrieben wurde. Aber so wie der Junge gerade auf der Leitung steht – rosinenmäßig –, kapiert er nicht einmal das.

„Wühlst du heimlich in meinen Sachen herum?" Plötzlich steht Kassia vor mir und schaut mich misstrauisch an.

Ich schüttle den Kopf. „Quatsch, wie kommst du denn darauf? Ich musste eben nur mal kurz alleine sein."

Kassia nickt verständnisvoll. Das ist wahrscheinlich die einzige Erklärung, die sie sofort akzeptiert. Weil es ihr ständig genauso geht.

Sie fragt zum Glück nicht nach warum. Ich weiß ja selbst nicht genau, ob es an Mama liegt oder eher an Jonas.

Vielleicht ja sogar an beiden … Ich seufze laut auf.

„Da unten brennt die Luft", sagt Kassia.

Mir wird sofort ganz heiß. Was meint sie damit? Hat Paula eine Kussattacke auf Jonas gestartet, nachdem er ihr Rosinen in den Kopf gesetzt hat? Ich halte alles für möglich.

„Was ist denn passiert?", frage ich atemlos. Mein Puls rast schneller als der Puls von Springmäusen auf der Flucht.

„Noch gar nichts."

Grrrr. Endlich kapiere ich. Meine Schwester lässt sich wieder jeden Satz einzeln aus der Nase ziehen. Das bereitet ihr einfach ein tierisches Vergnügen. Herrschaftswissen nennt man so etwas.

„Mama lässt ihre Praxis heute Nachmittag geschlossen", sagt sie schließlich bedeutungsvoll. „Sie hat was anderes vor."

Dass ich schockiert bin, ist noch harmlos ausgedrückt. Ich löse mich vor Überraschung nämlich gerade in winzige Zellen auf.

„Wieso das denn?", schreie ich los. „Das hat sie doch noch nie gemacht."

Kassia nickt zufrieden. „Volltreffer. Sie fährt mit Sebastian in die Kreisstadt. Das ist anscheinend wichtiger als grippekranke Kanarienvögel. Und der Hammer: Sie will einfach nicht damit herausrücken, was sie dort vorhat!“

Ich denke angestrengt nach. „Wie fahren sie denn dort hin?“

Kassia glotzt schon wieder durch ihr Teleskop, als ob sie die Lösung unserer Probleme im Weltall finden könnte. „Mit Mamas Auto“, antwortet sie.

„Aha“, sage ich aufgewühlt und renne auf dem Dachboden umher wie ein Hamster im Laufrad. „Dann müssen wir ein U-Boot einschleusen. Diese Informationen können wir uns einfach nicht entgehen lassen.“

Minuten später schnappen Kassia und ich uns Jule und ziehen sie aus Eddys Stall hinaus in den Gemüsegarten. Wir haben etwas streng Geheimes mit ihr zu besprechen.

Die Gefahr, dass Lukas uns ausspioniert, ist gleich null, denn er sitzt mit einem verklärten Lächeln auf Eddys Rücken und murmelt die ganze Zeit „hüa, hüa“ vor sich hin. So langsam glaube ich, dass Lukas in seinem früheren Leben selbst mal ein Esel war. Anders kann ich mir nicht erklären, dass er so dermaßen verrückt nach ihm ist.

Kassia erklärt Jule in ihren berühmt-berüchtigten knappen Worten den Ernst der Lage und ich setze nach: „… weil du am kleinsten bist, passt du am besten hinten rein. Du kriegst Kassias Handy für den Notfall. Ist das nicht eine tolle Idee, Süße?"

Jule schaut uns an, als wären wir nicht ganz dicht. Dann sagt sie mit fester Stimme: „Ich lasse mich auf keinen Fall in den Kofferraum sperren. Da kriege ich ja gar keine Luft."

Kassia schnaubt ungeduldig. „Jetzt spiel nicht auf einmal die Barbie. Du bist doch sonst für jeden Spaß zu haben."

Jule schüttelt heftig den Kopf. „Das ist aber gar nicht spaßig. Ich habe bei Rosanna mal einen Film gesehen, da ist jemand im Kofferraum fast erstickt. Ich will nicht sterben." Ihre Augen füllen sich mit dicken Tränen.

„Spinnst du, Jule? Das war ein Krimi für Erwachsene, so etwas darfst du gar nicht gucken. Sei froh, dass wir es Mama nicht petzen", sagt Kassia wütend. „Du fährst mit und damit basta. Gestern warst du noch vollkommen verrückt danach, selbst Detektiv zu spielen."

Ich gebe Kassia einen Schubs, aber sie meckert immer weiter. Diplomatie ist echt nicht ihre Welt. Wenn sie sich etwas in den Kopf gesetzt hat, dann muss das auch genau so funktionieren. Sonst wird sie stinksauer.

„Ihr könnt mich alle mal!“, schreit Jule jammernd auf. „Ich mach nicht mehr mit.“ Sie rennt heulend zurück in den Stall. Einen Augenblick später galoppiert sie auf Eddys Rücken davon.

„Jetzt sitzen wir echt in der Patsche“, wettere ich. „Wenn uns Jule bei Mama verpetzt, bist nur du schuld.“

Kassia stampft mit finsterer Miene ins Haus, aber das juckt mich überhaupt nicht. So neunmalklug sie ist, so verbohrt kann sie sein. Sie hat es verbockt. Das weiß sie selbst am allerbesten.

Lustlos schlendere ich ebenfalls zurück ins Haus. Dort erwartet mich schon die nächste Überraschung.

„Hey, Maxie, wir wollten doch schon die ganze Zeit zusammen an den See. Heute wäre ein super Tag dafür, oder? Ich habe nur leider meinen Badeanzug vergessen. Leihst du mir den süßen Blauen? Wenn du keine Lust hast, fahre ich mit Jonas alleine.“ Bambi Paula plinkert wieder ganz doll mit den Augen.

Na prima. Mama und Sebastian flüchten sich in die Stadt und Jonas und Paula verdrücken sich alleine an den See?

Nee, Leute. Nicht mit mir. In den Kofferraum von Mamas Auto kriegen mich keine zehn Esel, aber am See bin ich dabei. Keine Frage.

Ich weiß wirklich nicht, wie Paula es schafft, jeden um den Finger zu wickeln. Ich habe meinen nicht mehr ganz so blütenweißen Sportbadeanzug aus dem Schwimmunterricht an und sehe darin aus wie meine eigene kleine Schwester. Dafür trägt Paula meinen fetzigen blauen Badeanzug mit den neongelben Notenschlüsseln, als wir Richtung See losradeln.

Wobei: Jonas und ich treten in die Pedale, Paula thront hinten auf meinem Gepäckträger und kreischt unkontrolliert in meine empfindlichen Ohren.

„Paula, du kannst gleich laufen!“, warne ich sie, kurz bevor ich taub werde.

„Dann hör damit auf, Schlangenlinien zu fahren. Ich falle sonst runter“, jammert sie. Aber dann verstummt sie gehorsam.

„Nur, wenn du nicht mehr wackelst wie die Titanic bei ihrem Untergang“, kontere ich.

„Weiber“, Jonas grinst und überholt uns lässig. „Können keine Sekunde mit dem Plappern aufhören." Er zeigt uns mal kurz, was sein Fahrrad an Geschwindigkeit hergibt.

„Angeber", maule ich ihm hinterher. „Ohne Kartoffelsack wäre ich auch schneller."

Autsch! Im selben Moment zwickt mich Paula so in die Seiten, dass ich heftig ins Schlingern komme.

„Spinnst du?", brülle ich los und bringe das Fahrrad gerade noch ohne Sturz zum Stehen.

„Spinnst *du?*", schreit Paula zurück. Sie springt empört vom Gepäckträger herunter und baut sich kampfbereit vor mir auf. „Wieso sagst du so etwas Gemeines?"

Gute Frage. Einen Moment lang weiß ich nicht, was ich antworten soll. Weil ich sonst tatsächlich nicht so blöde Sachen sage. Ich zucke ratlos mit den Schultern und fühle mich ziemlich bescheuert.

„Ich warte auf eine Antwort, Maxie!", sagt Paula drohend. Ihre Augen blitzen wütend.

Ich überlege krampfhaft, was der Grund ist. Alle Möglichkeiten, die mir durch den Kopf schießen, haben tatsächlich mit Jonas zu tun. Die Gedanken sind so peinlich, dass ich es nicht einmal wagen würde, sie auszusprechen, wenn ich ganz alleine wäre.

„Maxiiiiie?"

„Es kömmte bloß so", sage ich leise.

„Hä?“ Paula schaut mich verständnislos an.

„Es kömmte bloß so“, wiederhole ich.

„Maxie, wenn du dich jetzt auch noch über mich lustig machst, dann …“

Paula ist es todernst. Das lese ich deutlich in ihrem Gesicht. „Kannst du dich denn nicht mehr daran erinnern?“, frage ich und merke, dass meine Stimme schlagartig ganz heiser und klein klingt. „Als Papa gestorben ist und ich eine ganze Weile total unausstehlich war“, ich muss heftig schlucken, weil ich das immer noch nicht aussprechen kann, ohne dass mir die Tränen in die Augen steigen. „Da hast du mir doch dieses Buch geschenkt, wo das kleine Mädchen immer, wenn etwas ganz Doofes passiert, *es kömmte bloß so* sagt.“ Ich zucke hilflos mit den Schultern. „Es kömmte bloß so. ’tschuldigung, Paula.“

Paula guckt mich schweigend an. Weder sauer noch wie Bambi, eher wie jemand mit gruseligen Röntgenaugen, denen nichts entgeht.

Schließlich nickt sie. „Okay. Es kömmte bloß so, mmhhh. Ist wohl ähnlich wie bei mir. Da *kömmte* das auch einfach, dass ich herumgewackelt habe … und so. Wenn du willst, können wir die Badeanzüge auch wieder tauschen. Obwohl ich die Notenschlüssel megacool finde.“

Ich spüre auf einmal, wie sich ein ganz warmes Gefühl aus meinem Bauch überallhin ausdehnt. Paula ist wirklich meine allerbeste Freundin und ich habe sie sehr, sehr lieb.

Ich schüttle den Kopf. „Nee, lass mal, Schnecke. Der Badeanzug steht dir super. Wir können uns ja abwechseln, ist bestimmt nicht das letzte Mal, dass wir an den See zum Baden fahren."

Wir strahlen uns erleichtert an.

Im selben Augenblick ertönt infernalisch lautes Hundegebell und Daisy schießt mitten auf der Straße auf uns zu. Verkehrsregeln sind ihr anscheinend egal, denn sie kümmert sich weder um die rote Ampel noch um den Mofafahrer, der sich zu Tode erschrocken auf den Fahrradweg rettet. Direkt vor uns stoppt sie so abrupt, dass ihr eigentlich die Pfoten qualmen müssten wie zu heiß gelaufene Reifen. Sie rammt Paula begeistert und wirft sie einfach um. Gleich darauf schleckt sie meiner Freundin, die so hilflos wie ein Käfer vor meinen Turnschuhen liegt, begeistert das Gesicht ab.

„Daisy, aus!", brülle ich empört.

Ach ja, das Vieh kann doch nur Englisch.

„Stop, Daisy, stop! Sofort!" Ich schnappe ihr Halsband und versuche, Paula zu befreien. Das ist gar nicht so einfach, denn in ihrer überschwänglichen Liebe ist Daisy ziemlich absolut. Egal, ob es sich um Mozart oder ihr Frauchen handelt.

Jonas kommt Kurven fahrend zurück zu uns. „Geht's noch?", gackert er. „Was wird das hier?" Er springt vom Sattel und stellt sich tatenlos neben mich.

„Hilf mal mit", fordere ich ihn ungehalten auf. Ich habe keine Lust, mich alleine abzurackern. Mir ist vor Anstrengung schon total heiß. Daisy klebt an Paula wie ein festgepappter Kaugummi. „Jule! Echt typisch. Auf diese Zwerge ist einfach kein Verlass", keuche ich vor mich hin.

Schließlich hatten wir Daisy bei Jule und Lukas zurückgelassen, weil Paula sich Sorgen machte, dass Daisy im See ertrinken könnte. Dass sie nicht besonders scharf auf Wasser ist, hat sich ja bereits gezeigt. Aber anscheinend hat Daisy noch viel mehr Panik, wenn sie nicht mit Paula zusammen sein kann.

„Wir müssen gleichzeitig ziehen. Sonst wird das nichts … Hauruck!", gibt Jonas das Kommando.

Mit vereinten Kräften eisen wir Daisy von Paula los.

Paula rappelt sich eilig auf, bevor Daisy erneut loslegen kann. „Du schlimmer Hund", schimpft sie. „Du hättest überfahren werden können. You are a

bad girl!“ Dabei sieht man ihr aber die Erleichterung an, dass Daisy nichts passiert ist.

Daisy legt den Kopf schief und winselt herzzerreißend.

„Echt die große Liebe“, sagt Jonas grinsend.

Was heißt das denn nun schon wieder? Ich nehme ihn mit meinem schlimmsten Typisch-Jungs-Blick ins Visier. Schnell guckt er weg. Feigling!

„Wir müssen Daisy natürlich mitnehmen“, spricht er eilig weiter. „Sonst haut sie wieder ab. Aber wir brauchen eine Hundeleine.“ Er schaut sich suchend um.

In einem der umliegenden Gärten hängt eine Frau gerade Wäsche auf.

„Entschuldigung!“, ruft Jonas und läuft einfach zu ihr hinüber. Er gestikuliert wild herum und zeigt ein paarmal in unsere Richtung. Wie abgesprochen fängt Daisy erneut an, heiser zu winseln.

Die Frau nickt und geht in eine Garage. Einen Augenblick später kommt sie mit einem Stück Seil zurück und gibt es Jonas. Er schwenkt es triumphierend wie ein Lasso in unsere Richtung.

„Manchmal bist du wirklich genial“, sage ich anerkennend, als er wieder neben uns steht. „Egal was du sonst für einen Blödsinn quatschst.“

Jonas antwortet nicht, sondern beugt sich geschäftig über Daisys Halsband, um das Seil mit einem Seemannsknoten zu befestigen. Offensichtlich eine ziemlich anstrengende Sache, denn als er wieder aufschaut, ist er knallrot im Gesicht.

„So“, albert er herum, „jetzt braucht sie nur noch einen Rettungsring für den See und dann ist alles perfekt.“

Wir nehmen Paula und Daisy in die Mitte und schieben unsere Räder das letzte Stück. Wird echt Zeit, dass wir endlich am See ankommen. Nach der ganzen Aufregung muss ich dringend ein paar Bahnen kraulen.

Mir schießt ganz plötzlich durch den Kopf, dass es gar nicht so einfach ist, die beste Freundin und den besten Kumpel unter einen Hut zu kriegen.

Jedenfalls ohne dass das totale Chaos ausbricht.

Das Wasser ist einfach herrlich!

Als ich kopfüber in den See tauche, sind meine Sorgen wie weggeschwemmt. Es ist mir sogar egal, dass Paula in meinem schicken Badeanzug alle Blicke auf sich zieht. Ich freue mich für sie! Erleichtert stelle ich fest, dass meine zickige Phase anscheinend schon wieder vorbei ist.

Jonas schießt natürlich den Vogel ab. Er leiht sich von einem kleinen Mädchen einen Schwimmreifen mit einem Schwanenhals und stülpt ihn der armen Daisy über den Körper.

Aber bevor ich Stunk machen und etwas von Tierquälerei motzen kann, stelle ich fest, dass Daisy Jonas' Schwimmhilfeaktion nicht nur wie ein treudoofes Schaf über sich ergehen lässt, sondern den Schwimmreifen richtig super findet. Und als Jonas mit ihr ins Wasser stapft und an ihrer Seite herumpaddelt, stößt sie einen so ulkigen Ton aus, dass ich schwören könnte, es ist ein fröhliches Quietschen.

Mit hocherhobenem Kopf folgt sie Jonas, der sie mit schnalzenden Lauten hinter sich herlockt.

„Dein Hund spinnt!“, rufe ich Paula zu und ärgere sie mit einem Schwall Wasser.

„Blödsinn! Meine Daisy ist einfach eine echte Lady!“, kreischt Paula und rächt sich mit einer noch größeren Ladung.

Wir spritzen uns gegenseitig pudelnass und haben einen irren Spaß dabei.

Schon nach kurzer Zeit ist klar, dass 99 Prozent aller Jungen, die heute am See sind, auf Paula stehen. Das liegt sicher nur an meinem Badeanzug. Aber ich hätte sowieso keine Lust, mir das dumme Gequatsche anzuhören.

Die meisten Typen kenne ich gar nicht.

Der See zieht im Sommer Badegäste aus der ganzen Gegend an, weil er viel cooler als das winzige alte Freibad ist. Dort tummeln sich nur die ganz Kleinen mit ihren Mamas und kreischen einem die Ohren wund.

Wer schon größer ist und gut schwimmen kann, radelt lieber zum See.

Der Junge, der jetzt leider direkt auf uns zusteuert, ist mir aber sehr wohl bekannt. Er geht in die neunte Klasse unserer Schule und ist mir schon öfter aufgefallen, weil er mir besonders nervig vorkommt. Er macht auch heute keine Ausnahme.

„Halloooo! Da geht ja direkt die Sonne auf. Bist du neu hier oder warum sind mir deine tollen blauen Augen bisher noch nicht aufgefallen?"

Er knallt sich direkt neben Paula ins Gras und versucht sich an einem schmachtenden Gesichtsausdruck, wobei er einfach nur dämlich aussieht.

Paula guckt zuerst ihn und dann mich verwundert an.

Ich schüttle den Kopf. Nicht dass sie womöglich denkt, Anton sei ein Kumpel von mir. „Lass meine Freundin in Ruhe, du Loser", fauche ich.

Anton betrachtet mich wie ein lästiges Insekt. Dabei habe ich ihm in diesem Sommer schon zweimal mein Fahrradflickzeug geliehen, weil er einen Platten hatte. „Hoppla", sagt er überheblich. „Da ist aber jemand derbe eifersüchtig."

Mir wird ganz schummrig vor Ärger. „Hat dir die Hitze das Hirn aus dem Kopf gebrannt?", wettere ich los.

Am liebsten würde ich ihm eine kleben. Aber erstens finde ich Prügeln doof und zweitens würde ich sicher den Kürzeren ziehen. Er hat Oberarme so dick wie Äste und beherrscht alle möglichen Kampfsportarten. Jeder weiß, dass Anton auch auf unserem Schulhof nicht gerade zimperlich mit Mädchen umgeht.

„Spiel dich nicht auf, Zwerg“, antwortet Anton mit scharfer Stimme. „Du bist hier eindeutig überflüssig. Also verzieh dich ins Planschbecken, während Beauty und ich ein bisschen talken.“

Ich höre Paula ein zischendes Geräusch durch ihre Zahnlücke ausstoßen.

Nein, halt! Nicht dass jetzt jemand denkt, meiner süßen Freundin fehlten ein Zahn oder zwei. Es ist nur einfach so, dass ihre oberen Schneidezähne einen Tick weiter auseinanderstehen, als bei anderen Leuten. Weil sie früher ihre Zahnspange immer wieder heimlich rausgenommen und überall liegen gelassen hat, ist die Lücke geblieben. Das sieht aber gar nicht schlimm aus, im Gegenteil. Die Lücke gehört zu Paula wie mein herzförmiges Muttermal auf dem Knie zu mir.

Ziemlich verschärft finde ich es allerdings, dass sie Töne fabrizieren kann, indem sie Luft durch die Lücke pustet. Je nach Stimmung verändern sich die Klänge. Einmal hat sie sich so sehr über ein Freundschaftsarmband von mir gefreut, dass sich der Ton wie ein wunderschöner Harfendreiklang angehört hat.

Den Ton, den sie gerade produziert hat, kenne ich jedoch noch gar nicht. Ich bin aber froh, dass er nicht mir gilt. Ich würde ihn ungefähr so beschreiben: eine Mischung aus Kobra und grüner Mamba. Auf jeden Fall gefährlich und höchst giftig.

Sogar Anton ist aufgefallen, dass dieser Zischlaut nichts Gutes zu bedeuten hat. Er schaut sich nämlich höchst unbehaglich um, so als ob er jeden Moment einen Angriff der Killerskorpione aus dem Gebüsch erwarten würde.

„Du bist ja affig!", sagt Paula scharf. „Wie sprichst du denn mit meiner besten Freundin? Du entschuldigst dich auf der Stelle, sonst beiße ich dir ein Ohr ab."

Leider ist Anton noch dümmer, als ich es für möglich gehalten habe. Denn er interpretiert Paulas Satz als Aufforderung, noch mehr Blödsinn auszuspucken.

„Wow, Baby, Baby. Gegen ein bisschen Ohr-Geknutsche habe ich echt nichts. Leg los!" Er hält ihr erwartungsvoll sein Gesicht hin.

Ich halte die Luft an, denn ich ahne, was jetzt gleich passiert. Nämlich das, was ich mir verkniffen habe.

Paula schallert Anton eine. So fest, dass es sich wie ein explodierender Knallfrosch anhört. „Dummbacke!", sagt sie ganz ruhig. „Verschwinde, bevor mir schlecht wird.“

Ich habe keine Ahnung, wie die Jungs in London drauf sind. Von Engländern sagt man ja immer, dass sie gute Manieren und Respekt vor Mädchen haben. Jedenfalls steht das so in den Storys, die wir im Englischunterricht lesen.

Bei Anton trifft beides nicht zu. Aber er ist ja auch kein Engländer. Er stürzt sich mit einem Aufschrei auf Paula. Seine Haut ist knallrot, als hätte er zu heiß gebadet. Ich gewinne in dieser Sache keine Retterinnen-Medaille, denn ich starre ihn wie ein gelähmtes Kaninchen an.

Zum Glück hat Paula gute Reflexe. Sie hechtet zur Seite und Anton stolpert haarscharf an ihr vorbei. Im selben Augenblick schreit sie aus Leibeskräften: „Daiiiiiiiiiiiisyyyyyyyy!“

Jonas und Daisy tummeln sich immer noch total vergnügt im See und haben nichts von dem Affentheater an Land mitgekriegt. Eine Tausendstelsekunde, nachdem Paula ihren Hund gerufen hat, spitzt Daisy die Ohren. Dann rast sie mit ihrem Schwan um den Bauch los und fliegt über das Wasser zu meiner besten Freundin.

Hä? Fliegt …?! Gibt es fliegende Hunde? Dass

Fische fliegen, habe ich schon mal gehört, aber auch das soll ja angeblich ein Märchen sein. Seit heute weiß ich: Dalmatinermischlinge können fliegen. Und da soll meine Mama, die oberschlaue Tierärztin, mir erst einmal das Gegenteil beweisen.

Wie auch immer – Pech für Anton, der gerade einen weiteren Gorilla-Angriff auf Paula startet.

Dass Daisy ein besonders gefühlvoller Hund ist, hat mittlerweile wohl jeder begriffen. Ihr Herz ist groß und ihre Pfoten sind es auch. Und Letztere werden zu echten Pranken, wenn die Person, die Daisy am allermeisten liebt, in Gefahr ist: Paula!

Ein Werwolf-Knurren hört sich im Vergleich zu dem Geräusch, das da gerade aus Daisys Kehle dringt, wie ein verdruckster Pups an. Antons Augen werden vor Schreck so kugelrund wie Tischtennisbälle, als sich Paulas Hund auf ihn stürzt. Daisy springt in die Höhe und schubst ihn mit allen vier Pranken-Pfoten so einfach um, als wäre er ein Spielzeugturm. Anschließend bellt sie ihn monstermäßig zusammen.

Jetzt ist Anton nicht mehr wutrot. Sein Gesicht ist vielmehr speigrün.

Ich glaube, ihm ist sterbensschlecht vor Angst. Und mal ganz ehrlich: Das geschieht ihm recht.

Daisy liebt Schuhe, Mozart, seit heute baden im See und besonders Paula. Und sie ist schrecklich schlecht erzogen, wie meine Mutter findet. Aber zum Glück für alle ist sie vor allem ein lieber Hund, der niemandem ein Haar krümmen würde. Und so kriegt Anton nur jede Menge ihrer ekligen Spucke ab und bleibt von ihren Zähnen verschont. Aber die Spucke reicht als Denkzettel vollkommen aus. Denn Anton hat auch so die Badehose total voll.

Nachdem sich Paula eine Weile an seinem jämmerlichen Anblick sattgesehen hat, sagt sie schmeichelnd: „Come here, Sweety."

Daisy steigt freudig winselnd von Antons Muskeln herunter und drückt ihren Kopf zärtlich gegen Paulas Beine. Anton ergreift augenblicklich die Gelegenheit zur Flucht. Seine Beine zittern wie Espenlaub, als er sich vom Acker macht.

Paula schlingt liebevoll ihre Arme um Daisys Hals. „My little Baby", säuselt sie.

„Hey, Leute, wieso liegt ihr hier so faul herum, statt zu schwimmen?" Jonas robbt strahlend aus dem See. Seine Haut ist schon ganz aufgeweicht, weil er so lange im Wasser war. „Was wollte Anton von euch?", fragt er verwundert. „Lasst euch nicht von dem bequatschen. Der prügelt sogar Mädchen. Voll mies, der Typ." Er schnappt sich Paulas Handtuch und rubbelt seine Haare trocken.

„Ach, wirklich?", fragt Paula gespielt überrascht. „Kam mir gar nicht so vor." Sie sieht mich bedeutungsvoll an und wir brechen in schallendes Gelächter aus.

Jonas guckt verwirrt. „Hab ich was verpasst?"

Ich schüttle grinsend den Kopf. „Nö. Nicht mehr als sonst." Ich könnte mich echt kugeln.

Paula springt auf und zieht mich an meiner Hand hoch. „Komm, Süße, eine Runde Wettschwimmen", ruft sie übermütig.

Wir rasen los und werfen uns kreischend in das kühle Nass.

Paula gewinnt alle Runden. Die allerletzte aber nur mit einer Nasenlänge Vorsprung.

Als ich prustend den Kopf aus dem Wasser strecke, denke ich im ersten Augenblick, ich spinne: Direkt am Ufer steht unser Esel Eddy. Jule und Lukas sitzen auf seinem Rücken und winken uns zu.

„Juchuh, Maxie!", ruft Jule fröhlich.

Eigentlich kann ich mir nur einen Grund vorstellen, aus dem Jule auf Eddy an den See geritten ist: Es gibt dringende Neuigkeiten von Mama und Sebastian. Nachdem sie sich geweigert hatte, die beiden auf ihrer Tour in die Stadt auszuspionieren, hatte ich Jule nämlich dazu verdonnert, zu Hause die Stellung zu halten, falls etwas Entscheidendes passiert.

Ich wate eilig aus dem Wasser. „Was ist los?", frage ich hektisch und schnappe mir das Handtuch unter Jonas' Po weg.

Jule grinst. „Wieso? Was meinst du? Uns war nur ein bisschen langweilig und viel zu heiß. Und da sind wir ganz spontan mit Eddy los." Sie schürzt die Unterlippe. Das tut sie immer, wenn sie ein schlechtes Gewissen hat.

„Jule!", rufe ich empört. „Wir hatten eine Abmachung!"

Lukas guckt neugierig. „Was für eine Abmachung?"

Grrrrrr. Geschwister unter zehn sind wirklich noch richtige Babys. Und Lukas besonders. Der nervt immer dann, wenn man es überhaupt nicht gebrauchen kann.

„Eine Abmachung zwischen meiner Schwester und mir", sage ich. „Mädchenkram, interessiert dich nicht." Diese kleine Notlüge muss jetzt gerade sein.

Ich würde Jule gerne den Kopf waschen, aber weil Lukas dabei ist, kann ich keinen Pieps sagen, ohne dass er nicht doch Lunte riecht. „Wir sprechen uns noch zu Hause, Jule“, sage ich. „Ist Kassi wenigstens da?“

Jule nickt. „Da ist sie schon, aber nicht da.“

Doppelt grrrrrr. „Was heißt das schon wieder?“, frage ich.

Jule kichert. „Sie spricht wieder mit irgendwelchen Außerirdischen. Aber sie ist wütend, weil ihr keiner antwortet.“

Okay, alles klar. Ich habe ja bereits tausendmal erwähnt, dass unsere superschlaue Schwester an die Existenz von Leben auf fremden Planeten glaubt. Seit sie sich darauf eingeschossen hat, denkt sie sich daher alle möglichen verrückten Sprachen aus, um Kontakt aufzunehmen. So eine Mischung aus Morsezeichen und irgendwelchen Geheimdienst-Codes, die sie im Internet gefunden hat.

Wenn ich sauer auf sie bin, sage ich dazu einfach Kauderwelsch. Kassia spricht regelmäßig in das Funkgerät, das einmal unserem Papa gehört hat, und hofft, dass mal jemand zurückkauderwelscht. Wenn sie das macht, könnte über ihrem Kopf das Dach abheben und davonfliegen – sie würde nichts davon mitbekommen.

„Alles klar", seufze ich. Also ist quasi niemand daheim, der die Stellung hält und dokumentiert, wann unsere Mutter und Sebastian zurück sind. „Dann müssen wir alle sofort nach Hause." Ich falte schon mal das Handtuch klein und stopfe es in den Rucksack.

„Maxie, entspann dich", mischt sich Jonas unversehens ein. Er streckt sich in der Sonne aus und sieht superfaul aus. „Die kommen bestimmt erst abends zurück. Papa braucht immer ewig, wenn er in die Stadt fährt, weil er Stunden im Musikgeschäft herumstöbert. Für morgen ist wieder Regen angesagt. Wir könnten noch eine Runde Wasserball spielen." Er zeigt auf einen einsamen Wasserball, der gerade an uns vorbeitrudelt.

„Au ja!", stimmt Jule begeistert zu und klettert von Eddys Rücken herunter. Sie beginnt, sich eilig auszuziehen. Ihr knallroter Badeanzug kommt zum Vorschein.

„Spontan losgeritten ...", murmele ich. „Von wegen."

Jule jagt kreischend mit Lukas ins Wasser und wirft sich glücklich auf den Wasserball.

„Ich mach mit!", ruft Jonas und stürzt sich ebenfalls in den See.

„Wir sind echt die Superdetektive“, beklage ich mich bei Paula.

Aber nicht einmal meine beste Freundin antwortet mir. Sie ist nämlich gerade eingeschlafen.

Sebastian Pfeffer und Mama sitzen im Eiscafé vor einem riesigen Eisbecher mit heißen Kirschen.

Gerade löffelt Sebastian eine Kirsche von der obersten Vanilleeis-Kugel und füttert Mama mit zärtlichem Blick. „Klementine", sagt er mit zitternder Stimme. „Du bist die Liebe meines Lebens. Willst du mich heiraten?"

Mama schaut Sebastian Pfeffer liebevoll an und antwortet strahlend: „Mein Herzallerliebster, ja ich will!"

Sebastian lässt den Löffel auf den Tisch fallen und steht auf. Dann zieht er Mama stürmisch an sich und küsst sie so leidenschaftlich wie in einem Liebesfilm.

„Nein! Mami!", schreie ich aus Leibeskräften dazwischen. „Nein, tu's nicht!"

Eine Hand packt mich an der Schulter und schüttelt mich kräftig.

„Maxie! Bist du okay?" Jonas schaut mich besorgt

an. „In der prallen Sonne zu schlafen ist total gefährlich. Da kann man ganz schnell einen Sonnenstich kriegen."

Ich blinzle und sehe Jonas nur verschwommen, weil mir gerade dicke Tränen aus den Augen kullern. „Ich glaube, ich hab doof geträumt", sage ich und schluchze laut auf.

„Was denn?", fragt er.

„Ach irgendwas Blödes von Mama", sage ich ausweichend. Den schrecklichen Traum komplett zu erzählen, ist mir echt zu peinlich.

Jonas nickt verständnisvoll. „Kenn ich. Als meine Mama nach Amerika umgezogen ist, habe ich fast jede Nacht von ihr geträumt. Einmal habe ich so laut geschrien, dass unsere Nachbarn die Polizei angerufen haben." Er streicht mir tröstend über den Arm und lächelt so lieb, dass ich plötzlich ganz verlegen werde.

Zum Glück schreit Eddy gerade aus vollem Hals los. „Iaaaaaaah! Iaaaaaaah! Iaaaaaaah!"

„Eddy", kreischt Jule. „Du bist ja ein Ferkel!"

Damit hat Jule ausnahmsweise mal Recht. Denn Eddy macht, ohne sich zu genieren, einen gigantischen Haufen, und das direkt vor unseren Nasen.

Nachdem wir Eddys Mist schimpfend beseitigt

haben, habe ich keine Lust mehr auf See. Denn Eddy hat beschlossen, das Seeufer genauer zu erkunden, und kaut glücklich an einer nassen Badehose herum.

„Ich habe Durst!“, quengelt Jule. „Hast du was zu trinken, Maxie?“

„Ich auch!“, echot Lukas.

Dreimal grrrrrr. Das ist ja der reinste Kindergarten hier. Ich schüttle den Kopf. Nee, habe ich nicht.

„In der Waldschenke am Paddelsee gibt es einen Kiosk“, sagt Jonas. „Ich hab aber leider kein Geld mit.“

Stimmt. An Mamas Geburtstag haben wir uns dort ein Paddelboot geliehen und danach Würstchen mit Kartoffelsalat gegessen. War total lustig.

„Ich auch nicht“, antworte ich. Schade eigentlich. Auf eine kalte Cola hätte ich jetzt schon Lust.

„Aber ich!“ Paula schwenkt triumphierend zehn Euro.

„Juchuh!“, schreit Jule und klettert mit Lukas eilig auf Eddys Rücken. Gehorsam setzt sich der Esel in Gang. Es ist wirklich verrückt. Sobald Lukas auf Eddys Rücken sitzt, trabt dieser los. Das macht er sonst nie. Jonas und ich schieben unsere Fahrräder hinterher.

Selbst auf dem schattigen Waldweg ist es heiß. Ich bin froh, als wir den Bootsanleger erreichen. Fast alle Paddelboote liegen in ihren Buchten. Wer ist denn auch so doof und paddelt in der sengenden Sonne herum?

Nur ein Boot entdecke ich mitten auf dem See. Witzigerweise ist es genau das Boot, das wir uns zu Mamas Geburtstag ausgesucht hatten. Ein blau-weiß gestreiftes mit dem Namen *True Love*.

Echte Liebe heißt das. Mama hat uns erzählt, dass es auch einen alten amerikanischen Film mit demselben Titel gibt, mit superkitschiger Musik. Den hat sie mal mit Papa im Kino geguckt, als sie noch gar nicht zusammen waren.

„Da sitzt ja mein Vater in dem Boot", sagt Jonas plötzlich schockiert.

„Und unsere Mama!", fügt Jule hinzu. „Wieso fahren die denn ohne uns Boot? Wie gemein!"

Lukas nickt empört. „Aber voll. Ich will sofort auch mit! Ich ruf mal rüber."

Jule ist eine echte Nervensäge. So sind kleine Schwestern einfach, das ist wie ein Naturgesetz. Aber gerade ist sie die tollste kleine Schwester, die es unter der Sonne gibt. Sie greift nämlich einfach nach vorne und hält Lukas den Mund zu, bevor er uns verraten kann. Gleichzeitig sagt sie drohend: „Pscht. Sei still. Sonst kriegst du keine Cola."

Stopp! Ich muss mich noch mal korrigieren. Jule ist nicht nur besonders toll, sie ist megaraffiniert. Sie weiß genau, dass sie keine Cola trinken darf, und Herr Pfeffer erlaubt Lukas das erst recht nicht. Mit dem Versprechen, dass Lukas eine Cola kriegt, wenn er den Mund hält, hat sich Jule auch selbst eine Cola erschlichen.

„Fünf Colas", ordert Paula eine Minute später. Das macht genau zehn Euro.

Ich gebe Jonas ein Zeichen und setze mich mit ihm ein ganzes Stück weit entfernt auf den Steg. Eine Weile gucken wir gemeinsam düster auf den See und sprechen kein einziges Wort. Unsere Mutter und Sebastian Pfeffer sind weit genug von uns entfernt, dass sie uns nicht entdecken, und außerdem sind sie wieder einmal sehr mit sich selbst beschäftigt. Ein leichter Windhauch trägt ihr Lachen bis zu uns herüber.

„Ich hoffe, Mama lacht sich nicht noch krank", stichle ich bissig. „Sie kriegt sich ja gar nicht mehr ein, wenn sie mit deinem Vater zusammen ist. Der Typ ist ja der totale Spaßvogel, sobald sie am Horizont erscheint. Anscheinend hat er bei euch nicht genug zu lachen."

Nellie's Bistro
RUE LOVE

Jonas schaut mich von der Seite an und ich spüre seinen vorwurfsvollen Blick. „Supernett von dir, Maxie, aber echt“, sagt er. „Fängst du jetzt schon wieder an, herumzuzicken?“

Ich zucke mit den Achseln und komme mir selbst doof vor. „’tschuldigung“, sage ich kleinlaut. „Das passt nur gerade wie die Faust aufs Auge zu meinem Traum von eben.“

Jonas sieht mich fragend an.

Ich hole tief Luft. „Na ja, ich habe geträumt, dass dein Vater meiner Mama einen Heiratsantrag gemacht hat, und dann haben sie sich auch noch geküsst.“ Ich merke, wie ich bei dem letzten Satz knallrot werde.

„Ist das eklig!“, sagt Jonas aus tiefster Seele. „Die beiden haben sich geküsst? Tut mir echt leid, Maxie, so einen schlimmen Albtraum hatte ich noch nie! Kein Wunder, dass du durch den Wind bist.“ Er seufzt tief und nimmt tröstend meine Hand.

„Ihr schaut aus wie ein Liebespaar! Die halten auch immer Händchen.“ Jule kichert.

Sie hat sich zusammen mit Lukas von hinten an uns herangeschlichen. Bestimmt, um uns zu belauschen. Beide nuckeln grinsend an den Strohhalmen ihrer Colas.

„Stimmt“, sagt Lukas.

Noch mal Korrektur. Jule ist in seltenen Momenten toll, viel zu oft raffiniert, aber eigentlich fast immer total nervig, sodass ich sie in der Luft zerreißen möchte – wie zum Beispiel gerade jetzt. „Du bist ja wirklich unglaublich doof“, wettere ich los. „Wir haben gerade echt andere Sorgen.“ Ich weiß nicht, wer einen röteren Kopf hat: Jonas oder ich. Das Gequake meiner Schwester ist aber auch total peinlich.

„Hihi“, kichern Jule und Lukas und rennen weg, bevor wir sie erwischen und vermöbeln können.

„Was habt ihr denn für Heimlichkeiten?“ Paula schlendert stirnrunzelnd auf uns zu.

„Jetzt fang du nicht auch noch an“, fauche ich. „Ich packe es gerade echt nicht, was da abgeht.“ Ich deute mit einer Kopfbewegung hinaus auf den See.

„Na, komm, Süße. Vielleicht gibt es dafür ja eine harmlose Erklärung“, tröstet mich Paula. Sie schweigt einen Moment und starrt nachdenklich auf das Boot.

Gerade lacht Sebastian Pfeffer so laut, als ob er direkt neben uns stehen würde. „Okay, ich glaube es allerdings nicht“, gibt Paula zu. „Die Sache stinkt zum Himmel. Wir müssen jetzt etwas tun. Bloß beobachten hilft nicht mehr.“

Jonas nickt zustimmend. „Genau. Hast du eine

Idee? Steht dazu was Schlaues in deinen Detektivromanen?"

Paula kriegt plötzlich einen ziemlich verlegenen Blick. „Na ja", druckst sie herum. „In diesen Detektivromanen nicht. Da geht es eher ums Beschatten und Entlarven. Aber ich lese auch total gerne Liebesromane, und da steht schon der eine oder andere Tipp drin ... Lacht ihr mich deshalb jetzt aus?"

Paula liest so Liebesschinken? Das hätte ich echt nicht gedacht. Ich finde solche Romane eher peinlich. Aber egal.

„Ist doch cool", sagt Jonas eilig. „Ist natürlich nicht *mein* Ding. Aber Mädchen mögen so was ja gerne." Dabei sieht er ausgerechnet mich an.

„Ich nicht", stelle ich empört richtig.

Jonas grinst. „Kann ich mir bei dir auch nicht vorstellen, Maxie. Das sind ja so romantische Bücher."

Seltsamerweise passt mir das auch nicht. Bin ich nicht romantisch? Oder anders gefragt: Wie sehen Mädchen aus, die romantisch sind? Wie Paula? „Das weißt du doch gar nicht", sage ich.

Jonas guckt verwirrt. „Wieso? Du hast es doch gerade selbst gesagt."

Ich bin plötzlich eingeschnappt und weiß nicht warum.

„Wollt ihr jetzt wissen, was ich für eine Idee habe, oder nicht?", mischt sich Paula ungeduldig ein.

„Klar!", sagen Jonas und ich gleichzeitig und gucken uns dabei nicht an.

„In den Liebesromanen sorgen die Gegenspieler immer dafür, dass sich die Liebespaare umverlieben."

Ich gucke verblüfft. „Umverlieben? Was heißt das?"

Paula fährt fort: „Na, ist doch klar. Dass sie jemand anderen toller finden. Da muss man dann eben notfalls mit irgendwelchen Tricks nachhelfen. In einer Story hatten sie einen Liebeszauber und einen Liebesentzauberungstrank. Aber so etwas gibt es in echt ja leider nicht." Sie schaut mich erwartungsvoll an.

Es dauert noch einen Augenblick, bis bei mir und Jonas der Groschen fällt.

„Ahh, das ist aber schlau", sagen wir dann fast gleichzeitig.

„In wen könnten wir denn deinen Vater umverlieben?", frage ich.

„Und deine Mutter?", fragt Jonas zurück.

Wir sind schon wieder ratlos. In der letzten Zeit geht mir das ständig so.

„Kassia", sage ich schließlich. „Kassia muss da ran. Die hat bestimmt eine Idee. So wie immer!"

Jonas guckt erleichtert. „Super, Maxie. Natürlich.

Am besten, wir fahren sofort nach Hause, dann kann Kassia gleich mit dem Denken anfangen."

Paula nickt zufrieden. „Stimmt haargenau. Umverlieben ist super, das sage ich euch. In meinen Liebesromanen funktioniert das immer."

„Umverlieben“, sagt Kassia eine Weile später, als wir in ihrem Sternenzimmer Krisensitzung halten.

Diesmal ist auch Jule mit dabei, während Lukas unten im Stall Eddy füttert und striegelt.

„Umverlieben. Hmm.“ Sie guckt so nachdenklich durch ihr Teleskop, dass ich schon befürchte, dass sie sich mal wieder für eine Weile auf einen fremden Planeten beamt.

Auf meiner Schulter sitzt Prinz von Schiller und zwickt mit seinem Schnabel zärtlich in mein Ohrläppchen. Verrückt, aber wahr: Das beruhigt meine Nerven. Ich könnte sofort wieder einen coolen Song mit ihm einüben, aber im Augenblick ist die Sache mit Mama und Sebastian Pfeffer wichtiger.

„Ist doch total klar. Frau Dorn und der Bürgermeister. Jemand anders kommt überhaupt nicht infrage.“ Kassia schaut uns triumphierend an.

„Frau Dorn?“, fragt Jonas. „Du meinst für unseren Vater? Es reicht doch eigentlich, wenn eure Mutter sich umverliebt. Dann kann sie Papa in den Wind schießen und die Sache ist erledigt."

Ich schüttle unwillig den Kopf. „Wieso das denn? Dann ist unsere Mutter die Böse und dein Vater leidet vor sich hin. Oder er ist sauer und gibt mir deshalb eine schlechte Note. Dann darf Jule bestimmt nicht mehr Klavierspielen. Nee, mein Lieber. So einfach geht das nicht." Ich könnte gerade mal wieder unter die Decke gehen. Jungs machen sich das Leben echt leicht!

Jonas macht eine beschwichtigende Handbewegung. „Cool bleiben, Maxie. War doch nur eine Idee. Wer ist Frau Dorn denn überhaupt?"

Kassia setzt ein Strahlen auf, das ich überhaupt nicht von ihr kenne. „Ach, die ist total nett. Du wirst sie bestimmt mögen."

Boah! Meine Schwester! Hat sie sich diese Masche bei ihren Außerirdischen abgeguckt, oder was? Anscheinend ist die Lage noch ernster, als ich dachte. Sonst würde Kassia nicht zu dieser Notlüge greifen.

Denn Frau Dorn ist zwar die geeignete Zielperson für unseren Plan, aber das Gegenteil von nett. Sie ist sogar meistens ziemlich nervig, und ich bin mir sicher, dass Jonas sie hassen wird. Tut mir zwar leid, ist aber nicht zu ändern.

„Sie hat ganz viele Dalmatiner“, erkläre ich Jonas. „Du wolltest doch schon immer viele Haustiere haben. Dein Vater mag ja auf einmal Hunde, und Dalmatiner haben ein ausgesprochen feines Gehör. Passt also alles wirklich optimal!“

Jonas runzelt die Stirn. Begeisterung sieht anders aus. „Und wieso der Bürgermeister für eure Mutter?“, fragt er.

„Na ja“, sagt Kassia. „Der ist schon ewig in Mama verknallt und hat ihr ganz oft rote Rosen geschenkt. Aber seit ihr die große Villa gekriegt habt und Mama nicht, findet sie ihn doof.“

Jonas guckt schuldbewusst. Dabei kann er nun wirklich nichts dafür, dass sein Vater sich die Villa unter den Nagel gerissen hat.

„Der Hund vom Bürgermeister ist fett“, mischt sich Jule ein. „Wenn Mama ihn heiratet, finde ich das doof.“

Ich verdrehe die Augen. „Jule, so weit ist es ja noch nicht. Zuerst soll sie sich umverlieben und danach sorgen wir dafür, dass sie sich entliebt.“

Nun runzelt Jule die Stirn. „Kann sie sich nicht gleich von Sebastian entlieben?“

Paula, die Expertin, schüttelt den Kopf. „Nein, dazu muss sie sich erst einmal umverlieben.“

Jule springt ungeduldig auf. „Versteh ich nicht. Ich geh mal zu Lukas", sagt sie und verschwindet.

„Und wie geht es jetzt weiter?", fragt Jonas und guckt Paula fragend an.

„Tja, wenn ihr mich nicht hättet ..." Paula kichert. „Am besten wirken Liebesbriefe. Die schreiben natürlich wir und jubeln sie euren Eltern unter und Frau Dorn und dem Bürgermeister."

Kassia nickt anerkennend. „Genial, Paula!" Sie streckt den Daumen nach oben.

„Und wer schreibt diese Liebesbriefe?", fragt Jonas besorgt.

„Wir alle", schlägt Paula vor. „Und dann gucken wir, welcher am besten ist."

Jonas macht ein entsetztes Gesicht. „Ich soll Liebesbriefe schreiben? Kommt gar nicht in die Tüte. Außerdem stehe ich in Deutsch auf Vier minus."

Aber da kennt Kassia nichts. „Natürlich. Es geht ja schließlich auch um deinen Vater. Warum sollen wir die ganze Arbeit alleine machen? Maxie ist in Deutsch ja auch die totale Versagerin."

Vielen Dank, liebste Schwester. Total nett, dass du mir das gerade jetzt unter die Nase reibst ... Aber ich verkneife mir eine fiese Bemerkung, für Streit ist jetzt echt keine Zeit.

Kassia verteilt an alle leere Blätter, und dann legen wir los.

Kassias Liebesbrief, den sie an den Bürgermeister schreibt, hört sich so an:

Hallo, Schatz!
Ich liebe dich, auch wenn mir deine Rosen nicht immer gefallen. Wie wäre es, wenn wir mal paddeln gehen? Sei am Samstag um fünf am See. Danach können wir knutschen.
Deine Klementine

Ich lache ungefähr fünf Minuten, so lustig finde ich den Brief. Und Prinz von Schiller krächzt begeistert mit.

Auch Paula kriegt sich fast nicht mehr ein. „Wenn der Bürgermeister diesen Brief super findet, ist er einer von deinen Außerirdischen“, quietscht sie. Dann liest sie ihren Vorschlag an unsere Mutter vor:

Liebste Klementine,
es tut mir so leid wegen der Villa. Vielleicht können wir uns bei einem romantischen Paddeln aussprechen. Bist du mir wieder gut, meine Augenweide?
Dein größter Verehrer liegt dir zu Füßen

Diesen Brief finde ich gar nicht schlecht, aber ein bisschen zu altmodisch. Ich kann mir nicht vorstellen, dass Mama darauf reinfällt. Schließlich ist sie ziemlich wählerisch. Außerdem steht keine Uhrzeit drin.

Aber ich kann es auch nicht besser und versage wieder völlig. Die Buchstaben tanzen vor meinen Augen wild durcheinander, und egal was ich aufschreibe, es wird immer nur ein doofer Rap daraus. Ist doch verrückt, oder?

Klementine, süße Puppe,
du gehörst zu meiner Truppe.
Ich lass es mit dir krachen,
bis alle anderen lachen.
Jetzt gib mir einen Kuss,
sonst mach ich mit dir Schluss.

Jonas grinst über das ganze Gesicht. „Ganz ehrlich: Ich kann mir nicht vorstellen, dass der Bürgermeister mit diesem Rap das Herz deiner Mutter zum Rasen bringt. Stichwort Umverlieben und so ... Aber sonst ist er gar nicht mal schlecht. Ist eher was für Herrn Schiller."

Leider hat er Recht. „Na, okay", sage ich. „Dann lass mal deine Schnulze hören."

Jonas räuspert sich ein paarmal, bevor er mit Vorlesen loslegt:

Liebste Klementine,
immer wenn ich dich anschaue, geht die Sonne auf.
Dein Lachen ist lustiger als der schönste Tag, und die Stunden, in denen ich dich nicht sehe, sind langweiliger als schlechtes Wetter. Ich warte auf dich in großer Sehnsucht unten am See.
Mit dir zu paddeln ist schöner, als um die ganze Welt zu reisen.
Dein bester Freund

Ich starre ihn total baff an.

„Süß!“, quietscht Paula. „Absolut verschärft. Da würde ich mich sofort verlieben.“

Jonas' Brief an Frau Dorn klingt ähnlich, zum Schluss schreibt er noch:

Liebste Grüße an die herzigen Beller,
auf die ich mich freue wie ein Welpe.
Dein sehnsüchtiger Sebastian

„Bingo!“, sagt Kassia. „Absolut genial, Jonas. Damit um- und entlieben wir Mama und Sebastian hundertprozentig. Oder ich esse ein Kilo Sternenstaub.“

Wir verdonnern Jonas dazu, sich alle vier Briefe auszudenken. Kassia und Paula tippen sie auf Papas alter Schreibmaschine mit zwei Fingern ab, das sieht romantischer aus als ein Computerausdruck. Ich organisiere in der Zwischenzeit noch ganz schnell vier Briefumschläge und Marken aus Mamas Büro.

Mein Herz klopft wie verrückt, als ich die frankierten Briefe zusammen mit Jonas in den Spätbriefkasten werfe. Unser Plan muss einfach klappen. Sonst werde ich verrückt.

Ich habe kaum geschlafen. Sobald ich die Augen zumachte, geisterte der furchtbare Kuss von Sebastian und Mama in meinem Kopf herum. Deshalb bin ich als Allererste auf, obwohl Ferien sind. Ich fühle mich wie hundert oder mindestens wie zwanzig. Uralt also.

Mama werkelt bereits in der Küche herum, aber im Vergleich zu mir sieht sie aus, als hätte sie die Nacht auf einer Schönheitsfarm verbracht.

„Hallo, meine Süße!", sagt sie überrascht. „Schon auf?" Sie schaut mich durchdringend an. „Brütest du was aus, oder bist du nicht rechtzeitig ins Bett gekommen? Du hast ja ganz tiefe Ringe unter den Augen."

Sehr nett, mir meine schlaflose Nacht unter die Nase zu reiben. Dabei ist sie daran schuld.

„Kein Wunder", sage ich gereizt. „Ich habe kein Auge zugemacht."

Mama schüttelt den Kopf und streichelt mir über den Scheitel, als wäre ich ein Hundewelpe in ihrer Praxis. „Ach Maxie", sagt sie und dabei macht sie ein sehr glückliches Gesicht. „Hab einfach etwas Geduld. Bald wird alles anders und ich kann dir eines versprechen: viel, viel besser. Aber das ist noch ein kleines, süßes Geheimnis, und deshalb musst du dich noch ein Weilchen gedulden und durchhalten. Genieße doch einfach deine Ferien, den Sonnenschein, deine liebe Freundin Paula ... Das Leben hat manchmal so schöne Überraschungen auf Lager, man muss einfach nur zugreifen."

Ich starre Mama schockiert an. Sie klingt überhaupt nicht wie sie selbst, sondern hört sich gerade wie eine dieser ferngesteuerten Tussis in der Fernsehwerbung an, die einem ein neues Waschpulver oder Tabletten gegen Verdauungsbeschwerden andrehen wollen.

Genau deshalb kriege ich vermutlich genau in diesem Augenblick das, was man wohl als Nervenzusammenbruch bezeichnet.

„Ich will aber nicht, dass sich etwas ändert", heule ich los wie ein verloren gegangenes Seehundbaby auf einer Eisscholle. „Ich will, dass alles so bleibt. Ich will, dass alles wieder so ist wie früher. Ich will sofort meinen Papa zurück. Wäre mein süßer Papa noch am Leben, wäre das alles nie passiert. Ich-will-das-alles-nicht! Ich-will-das-alles-nicht! Ich-will-das-alles-nicht!"

Ich trommle mit den Handflächen heftig auf dem Küchentisch herum und zapple dabei gleichzeitig mit den Füßen, als hätte ich einen epileptischen Anfall. Dabei schreie ich, ohne Luft zu holen.

„Maxie!“ Das ist nicht meine Mutter, sondern Kassi. Sie stürzt auf mich zu und klebt mir eine. Ich bin schlagartig ruhig und verharre wie angewurzelt mitten in meinem Wuttanz.

„Spinnst du?“, sage ich. Aber es kommt gar kein richtiger Ton aus meinem Hals, sondern nur heiseres Gekrächze.

Vom Küchenschrank krächzt es begeistert zurück. Herr Schiller fliegt in einem eleganten Bogen auf mich zu, landet auf meinem Kopf und breitet seine Flügel über mir aus wie einen Hut.

Momente später schnappt meine Mutter mich und legt mich mit einem Karategriff mitten auf dem Küchenboden flach. „Hol eine Decke, Kassi“, befiehlt sie. „Deine Schwester hat eine posttraumatische Attacke. Vermutlich hat sie Papas Tod nie verarbeitet. Irgendetwas hat diesen Anfall hier gerade ausgelöst. Leider habe ich keinen blassen Schimmer, was.“

Mir ist auf einmal so kalt, dass meine Zähne klappern. Dabei brennt die Sonne bereits wieder knallheiß durch die Fensterscheiben. Kurz bevor ich ein

Eiszapfen werde, bringt Kassia die Decke und Mama verschnürt mich darin wie ein Paket. Dann kocht sie Kamillentee und flößt ihn mir löffelweise ein.

„Alles wird gut", flüstert sie mir ins Ohr. „Alles wird gut."

Ich bin auf einmal sehr müde, dabei bin ich doch gerade erst aufgestanden. Obwohl ich es nicht will, fallen mir die Augen zu.

Und während Mama immer noch mantramäßig „Alles wird gut" in mein Ohr flüstert, schlafe ich tatsächlich ein.

Als ich wieder aufwache, sitzen alle auf dem Fußboden um mich herum und streicheln irgendwelche Körperteile von mir.

„Wir haben dich alle total lieb, Maxie", sagt Jule mit weinerlicher Stimme und Kassia zwinkert mir ermutigend zu.

Paula hält meine Hand und knutscht die ganze Zeit darauf herum und selbst Daisy hat ihren Kopf ausnahmsweise einmal ganz ruhig und friedlich auf meinem Bauch abgelegt und winselt leise vor sich hin. Ihr Schädel ist so schwer wie ein Mehlsack und ich kriege kaum Luft.

Ich kann mir nicht helfen: Ein bisschen komme ich

mir vor wie bei meiner eigenen Beerdigung. Mir ist höllisch heiß unter meiner Decke. Ich schiebe Daisy zur Seite und setze mich abrupt auf.

„Geht es dir wieder besser, Schnecke?“, fragt Mama mit zärtlicher Stimme.

„Klar“, sage ich.

„Du hast uns allen einen ganz schönen Schrecken eingejagt.“ Sie legt ihre Hand prüfend auf meine Stirn. „Alles normal“, diagnostiziert sie zufrieden und lächelt erleichtert. „Aber schwimmen solltest du heute lieber nicht gehen. Sicher ist sicher.“

Kassia nickt zustimmend, setzt ihren Ich-weiß-du-bist-ein-Alien-aber-es-macht-mir-nichts-aus-Blick auf und wiederholt: „Sicher ist sicher.“

Mir fällt schlagartig wieder ein, dass sie mir eine runtergehauen hat, und ich sage anklagend: „Du hast mir eine geschallert. Total mies von dir. Das kriegst du irgendwann zurück, darauf kannst du wetten.“

Sie lächelt mich besänftigend an. „Ach, Schwesterchen, das war doch ein Notfall. Habe ich mal im Fernsehen gesehen, als jemand in einer Serie genau so einen Nervenzusammenbruch hatte wie du vorhin und Mama sagt auch, das war genau richtig.“

Ob es richtig ist oder nicht, seine eigene Schwester zu schlagen, will ich nicht gerade jetzt ausdiskutieren.

Ich schätze mal, meine Nervenzusammenbruch-Bewacher sind mit ihren Gegenargumenten in der Überzahl.

Mein Bauch knurrt, als wäre Weltuntergang. „Wenn ich nicht sofort Frühstück kriege, sterbe ich wirklich“, sage ich ruppig und springe auf.

„Ich auch!“, brüllt Jule begeistert und setzt sich erwartungsvoll auf ihren Platz.

Und dann gibt es ein grandios leckeres Frühstück mit allem Drum und Dran.

„Nervenzusammenbruch?“, sagt Jonas eine Weile später ungläubig. „Du lässt echt nichts aus.“

Kassia hat ihm Bescheid gesagt, und nun sitzen wir am Küchentisch und schauen zu, wie Jonas die Reste unseres Frühstücks in sich hineinschaufelt. Jule macht inzwischen freiwillig Lukas-Dienst. Ausnahmsweise muss nicht Eddy herhalten, sondern sie misten gemeinsam die Kaninchenställe aus. Mama ist in ihrer Praxis und hält Nagetier-Sprechstunde. Also können wir offen miteinander reden.

„Ja“, ergänzt Paula. „Maxie hat irgendwas mit der Post.“

Kassia schaut Paula herablassend an. „Nicht Post. *Posttrauma*“, sagt sie und lässt das Fremdwort auf der Zunge zergehen. „Das bedeutet, Maxie hat ihre miesen Gefühle verdrängt, als Papa gestorben ist, und jetzt hat sie sie plötzlich doch. Deshalb durfte ich ihr eine runterhauen. Kapiert?"

Paula sagt gereizt: „Vielen Dank, Frau Oberschlau. Man muss nicht alles wissen."

Jonas kippt sich noch eine weitere Ladung Cornflakes in die Schüssel und beginnt, sie knirschend zu zerkauen. „Hä?", fragt er. „Wenn man so ein Postdingens hat, helfen nur Ohrfeigen? Ist das bescheuert. Gibt es keine Tabletten dagegen?"

Langsam wird mir die Sache zu blöd. „Kassia hat mir nur eine runtergehauen, weil ich nicht aufhören konnte zu schreien und weil sie ein Sadist ist. Und jetzt Schluss, aus, Ende der Geschichte. Sonst lege ich wieder los mit dem Posttrauma." Mir ist die Sache schlagartig peinlich, und ich möchte auf keinen Fall, dass Kassia ausplaudert, dass ich wie ein Baby herumgewimmert habe.

„Weil wir gerade bei Post sind", sagt Jonas kichernd. „Heute kommt die Post." Er grinst bedeutungsvoll.

„Ahh!", kreische ich so laut, dass alle am Küchentisch zusammenzucken. Wenn man sich einmal an Herumschreien gewöhnt hat, macht es richtig Spaß. „Klar. Heute kommt die Post."

Im selben Moment klingelt es unten am Gartentor.

Ich stürze zum Fenster und schaue hinaus. „Traritrara, die Post ist da“, singe ich vergnügt und schaue dem Postboten gespannt dabei zu, wie er einen Stapel Briefe in den Kasten wirft.

Er fährt auf seinem Fahrrad bis zur Pfeffer-Villa weiter und hält dort erneut vor dem Briefkasten.

„Perfekt!“, sage ich und reibe mir die Hände. „Jetzt müssen wir nur noch bis morgen durchhalten. Hoffentlich bleibt das Wetter schön.“

Unsere Mutter hat den Brief bekommen. Ganz sicher! Ihr verklärter Blick spricht Bände. Außerdem sieht man die Briefmarke durch die Tasche in ihrem Arztkittel. Dort hat sie den Brief nämlich hineingesteckt.

Mama ist so durcheinander, dass sie das Kaffeepulver in ihre Teekanne löffelt und anschließend mit Orangensaft aufgießt. Ich würde diese Beobachtung gerne mit Paula und Kassia teilen, aber die beiden mischen gerade gemeinsam einen Teig für Marmorkuchen zusammen. Anscheinend erfordert das ihre ganze Konzentration, denn sie kriegen Mamas verwirrten Zustand gar nicht mit.

Ich überlege, wie ich ihnen einen Tipp geben kann, und sage: „Tolles Paddelwetter. Hoffentlich bleibt es die nächsten Tage so. Was meinst du, Mami?"

Kassia schaut erschrocken auf und wirft mir einen Blick zu, der so etwas bedeutet wie: „Halt den Mund, Alien. Du hast schon genug Chaos angerichtet."

Ich zeige heimlich auf Mama, aber Kassia kapiert null. Wenn sie sich mit ihren Aliens auch so dumm anstellt, können die an ihrer Bettkante rütteln und sie wird nichts davon bemerken.

In diesem Augenblick dreht sich unsere Mutter um und sagt mit einem merkwürdigen Unterton: „Ich habe heute einen Brief bekommen."

Ich falle augenblicklich in Schockstarre und Kassia lässt den Rührlöffel auf den Tisch fallen. „Aha", sagt sie. „Und was steht drin? Haben wir im Lotto gewonnen oder warum machst du es so spannend, Mama?"

Eine Sache muss man neidlos anerkennen: Auf den Mund gefallen ist Kassia nicht.

„Vielleicht ein Brief von einem guten Bekannten", mutmaßt Paula.

Ich werfe ihr einen warnenden Blick zu.

„So könnte man es nennen, Paula", sagt Mama zögernd. Ihr Blick macht mich ganz wuschig. „Eher von einer sehr guten Bekannten."

Auf einmal schaut sie ausgerechnet mich an. Für eine Sekunde packt mich die pure Angst. Mama ist nicht so doof, dass sie sich mit einem gefakten Brief reinlegen lässt. Wie konnte ich das nur glauben? Natürlich hat sie sofort kapiert, dass wir ihn geschrieben haben, und es gibt eine schreckliche Strafpredigt mit Taschengeldentzug und Hausarrest bis an unser Lebensende. Vermutlich hat sie ihre Briefmarke wiedererkannt oder die Spucke, mit der ich die Marke angeleckt habe. Oder es ist ein Hundehaar von Daisy in den Umschlag gerutscht. Wir sind einfach jämmerliche Detektive.

„Der Brief ist von meiner besten Freundin. Von Penny. Paula – deine Mama kommt übermorgen zu Besuch!"

Paula schreit auf und ich falle vor Glück, dass unser Briefattentat doch nicht aufgeflogen ist, beinahe ins Koma.

„Ich freue mich riesig." Mama strahlt. „Gut dass der Brief noch rechtzeitig angekommen ist. Er war ewig unterwegs."

„Dann müssen wir nur noch überlegen, wo wir sie einquartieren, und das Bett machen", sage ich eifrig.

Mama lächelt mich an. „Lieb, dass du so mitdenkst, mein Schatz", sagt sie. „Warten wir einfach ab, bis sie da ist. Dann wird sich das schon alles ganz von selbst regeln."

Ich kann mir nicht helfen – Mama redet immer noch etwas wirres Zeug, wenn ich das mal so sagen darf. Was soll sich alles selbst regeln? Betten beziehen sich nicht unbedingt von allein, das weiß ich aus eigener leidvoller Erfahrung. Das ist jede Menge Arbeit.

Andererseits, gut dass sie Tante Pennys Besuch so entspannt entgegensieht. So spricht alles dafür, dass sie morgen tatsächlich mit dem Bürgermeister paddeln geht. Und es ist echt ein doppeltes Glück, dass übermorgen Tante Penny eintrudelt. Dann kann sie das alles gleich mit ihr besprechen.

Auch Sebastian Pfeffer verliert kein Wort über seinen Brief. Aber Jonas ist sich hundertprozentig sicher, dass er ihn bekommen hat und dass sein Vater die Einladung zum Paddeln annimmt. Er sitzt nämlich bereits den ganzen Nachmittag an seinem Klavier und komponiert an einer Hundeoper mit dem Arbeitstitel *Drei kleine Dalmatiner*.

Als es Abend wird, versammeln wir uns alle ein letztes Mal in Kassias Sternenzimmer und gehen den nächsten Tag durch. Denn natürlich wollen wir die Sache nicht dem Zufall überlassen, sondern die Turteltauben bei ihrem Treffen beobachten.

Wir sind total aufgekratzt und können es plötzlich gar nicht erwarten, dass ein neuer Tag anbricht. Kassia hat noch einmal den Wetterbericht gecheckt, und der sieht gut aus. Die Hitzewelle ist vorbei, alle Gewitterwolken sind vorübergezogen. Das ideale Wetter für einen kleinen Paddelausflug.

„Okay", sagt Jonas. „Am besten, wir gehen alle schnell schlafen, damit wir morgen fit sind und es nicht vermasseln. Gibt es noch irgendetwas zu besprechen?"

Bis auf Kassia schütteln alle den Kopf.

„Kassia?", wiederhole ich Jonas' Frage. „Gibt es noch etwas, was wir vergessen haben?"

Kassia holt tief Luft. „Ich weiß es nicht", sagt sie. „Ich weiß es nicht."

Ich gucke sie höchst alarmiert an. Seit Kassia ihre ersten Wörter gebrabbelt hat, habe ich noch nie „ich weiß es nicht" von ihr gehört. Denn Kassia ist die klügste Superhirnschwester auf diesem Planeten.

„Du weißt es nicht?", hakt jetzt auch Jonas nach. „Was meinst du damit?" Er kennt Kassia zwar erst seit ein paar Monaten, aber auch er hat anscheinend begriffen, dass so ein Satz aus dem Mund meiner Schwester nichts Gutes zu bedeuten hat. Er ist quasi die Vorstufe zu einem Tsunami.

„Ich weiß nicht heißt, ich weiß nicht", erwidert Kassia ungeduldig. „Nicht mehr und nicht weniger. Ich habe das Gefühl, wir haben einen Denkfehler gemacht, und ich habe leider keinen blassen Schimmer, welchen." Sie runzelt die Stirn wie Einstein kurz vor der Entdeckung der Relativitätstheorie. „Ich weiß es nicht und deshalb muss ich eine Weile nachdenken."

Mit diesen Worten verzieht sie sich an ihr Teleskop und schaut konzentriert hindurch, ohne uns weiter zu beachten.

Ich zucke ratlos mit den Achseln. „Da ist nichts zu machen", sage ich hilflos. „Hoffentlich fällt es ihr bis morgen ein."

Paula und Daisy schnarchen bereits friedlich, als ich mir immer noch den Kopf zermartere, was wir falsch gemacht haben könnten. Als ich endlich einschlafe, wird es draußen bereits hell.

Wie kann man nur so doof sein?!

Die Sternenguckerei hat Kassia tatsächlich auf die richtige Spur gebracht. Als sie mit tiefen Ringen unter den Augen um sieben Uhr morgens in mein Zimmer stürmt und Paula, Daisy und mich unsanft aus dem Schlaf reißt, ist klar, dass sie etwas herausgefunden hat.

„Wir haben alle zum Bootshaus bestellt", platzt sie aufgeregt heraus.

„Na, klar", antworte ich schlaftrunken. „Damit sie Boot fahren und sich dabei besser kennenlernen."

Kassia schüttelt ungeduldig den Kopf. „Nein! Verstehst du denn nicht? *Alle!* Wie konnte das bloß passieren?"

„Was meint ihr mit *alle?*", fragt Jonas zehn Minuten später. Er hat wieder seinen Hundeschlafanzug an. Ich kann kaum hingucken, so peinlich finde ich das.

„A-ll-e vier gleich-zei-tig!", hämmert Kassia den schlimmen Satz in unsere Köpfe.

„Das ist einfach nur unglaublich bescheuert!“, bemerkt Paula, und damit trifft sie den Nagel auf den Kopf.

„Richtig wäre es gewesen, dass sich Mama und der Bürgermeister am Samstag zum Paddeln treffen und Sebastian und Frau Dorn am Sonntag, damit sie sich jeweils zu zweit in Ruhe kennenlernen und umverlieben können. Also Mama und Sebastian. Wenn jetzt alle vier gleichzeitig aufeinandertreffen, gibt es bestimmt das Megachaos“, erklärt Kassia unseren Fehler noch einmal Schritt für Schritt. „Kapiert?“

„Allerdings“, stöhnt Jonas. „Das ist ja grauenhaft.“

Wir nicken alle.

„Vielleicht ja doch nicht“, sagt Paula plötzlich. „Könnte doch sein, dass es das Umverlieben sogar beschleunigt. Also, dass sie sich heute noch entlieben, um dann bereit für das Umverlieben zu sein.“ Sie guckt triumphierend.

Jonas schaut sie verzweifelt an. „Mir raucht schon der Kopf von den ganzen ‚ents‘ und ‚ums‘“, sagt er. „Ich hoffe, so ein Mist passiert mir nie in meinem ganzen Leben.“

Paula hat auf einmal wieder diesen kindischen Bambi-Blick. „Du musst dir einfach gut überlegen, wen du lieben möchtest, bevor du dich verliebst“, sagt sie. „Ich glaube aber, du bist auf dem richtigen Weg." Sie grinst wissend.

„Hä?", fragt Jonas und schaut ausgerechnet mich an. „Was meint sie damit?"

Ich schüttle unwillig den Kopf. „Keine Ahnung, und das ist jetzt echt nicht das Thema", sage ich hitzig.

„Aber mit ihrer ersten Theorie hat Paula Recht", mischt sich Kassia ein. „Mama wird sicher höllisch eifersüchtig, wenn sie sieht, dass ihr lieber Sebastian sich mit Frau Dorn verabredet hat und nicht mit ihr. Und Sebastian findet es bestimmt genauso doof, dass Mama mit dem Bürgermeister paddeln geht."

Jonas beginnt zu strahlen. „Bingo!", sagt er glücklich. „Endlich habe ich es kapiert. Glück im Unglück also." Er schaut Paula bewundernd an. „Wow, Paula. Du bist echt schlau. Wenn diese Sache hier vorbei ist, denke ich noch mal über das nach, was du danach gesagt hast."

Paula wird knallrot. „Danke, Jonas", lispelt sie. „Das ist echt süß von dir."

Das Mittagessen fällt heute für uns alle aus. Keiner kriegt einen Bissen hinunter, obwohl Mama ausgerechnet Reibekuchen mit Apfelmus gemacht hat.

„Was ist denn mit euch los, Kinder? Ich glaube, ihr

brütet eine Sommergrippe aus“, sagt sie besorgt und besteht darauf, dass jeder vor ihren Augen Fieber misst. „Maxie, du hast ja ganz glasige Augen.“ Seit der Sache mit meinen Nerven guckt sie mich immer gleich superbesorgt an, wenn ich nur einmal zu laut Luft hole.

„Mir geht es super, Mami“, beeile ich mich zu sagen. „Wirklich ganz toll.“ Zum Beweis renne ich einmal in Höchstgeschwindigkeit die Treppen rauf und wieder runter.

„Ich habe heute Nachmittag eine Verabredung“, sagt sie und greift nach dem Telefon. „Aber ich glaube, die verschiebe ich erst einmal.“

Mit einem schnellen Griff reiße ich ihr das Telefon aus der Hand. „Kommt nicht infrage, Mama“, sage ich streng. „Du sollst auch mal deinen Spaß haben. Du möchtest doch nicht, dass ich mich wieder aufrege, oder?“

Kassia zeigt mir hinter dem Rücken unserer Mutter einen Vogel. Bestimmt denkt sie schon wieder, dass ich die Sache vermassle.

Zum Glück lacht Mama nur. „Alles klar. Ihr wollt sturmfreie Bude. Na, dann kann es euch ja nicht ganz so mies gehen. Bestimmt habt ihr euch heimlich mit Süßigkeiten vollgestopft.“ Sie verschwindet aus der

Küche, denn ihre Mittagspause ist um. Sie muss noch ein halbes Dutzend Welpen impfen und ein Meerschweinchen mit Schluckauf untersuchen, bevor sie sich für ihre Verabredung aufbrezeln kann.

Die Stunden bis zum Nachmittag ziehen sich wie eine halbe Ewigkeit. Nicht einmal während meiner letzten Deutscharbeit ist die Zeit so quälend langsam vergangen.

Aber dann machen wir uns endlich auf die Socken, besser gesagt Reifen. Diesmal können wir leider nicht verhindern, dass Lukas mitkommt. Er will einfach nicht alleine zu Hause bleiben und Jule ist nicht mal mit einer Woche Cola zu bestechen, bei ihm zu bleiben. Zum Glück hat meine kleine Schwester eine blühende Fantasie. Sie redet ihm ein, dass wir für ein lustiges Detektivspiel Agenten am Paddelsee observieren wollen. Lukas ist sofort Feuer und Flamme und kriegt sich gar nicht mehr ein, besonders als er erfährt, dass die Agenten Papa und Klementine sind.

Ausgerechnet heute platzt mein Fahrradreifen, es ist zum Mäusemelken. Zum Flicken und Aufpumpen bleibt keine Zeit. Also nimmt Kassia Paula hinten drauf und ich setze mich bei Jonas auf die Stange. Der Fahrtwind weht ihm meine Haare ins Gesicht, und wir rasen direkt auf einen Graben zu. Kreischend verdrehe ich mich so gelenkig wie eine Schlangenfrau im Zirkus und klammere mich an ihm fest. Auf diese Weise muss ich wenigstens nicht sehen, wie wir in den Abgrund donnern. Im allerletzten Moment kriegt er das Fahrrad wieder auf Spur.

„Das war knapp!“, ruft Jonas. Er hat vor Schreck ein ganz rotes Gesicht.

Wir sausen weiter.

„Du kannst mich jetzt eigentlich wieder loslassen, Maxie“, sagt Jonas etwas zu lässig für meinen Geschmack, als wir an den dichten Büschen kurz vor dem Bootshaus halten. „Ich glaube nicht, dass wir noch mal umfallen.“

Oh nein! Ich habe gar nicht bemerkt, dass ich Jonas immer noch mit beiden Armen festhalte. Mir wird ganz heiß, so peinlich ist mir das.

Jule kichert. „Maxie ist ein Klammeräffchen, Maxie ist ein Klammeräffchen, Maxie ist ein Klammeräffchen.“

Ich schnappe sie mir und fange an, sie durchzukitzeln.

„Könnt ihr das mal lassen?“, mischt sich Kassia ein. „Wir haben jetzt wirklich eine andere Mission!“

Wir verstecken unsere Räder und schleichen uns

von hinten an das Bootshaus heran. Ein perfektes Versteck, um nichts zu verpassen.

Der Schlitten vom Bürgermeister steht noch nicht da und auch der knallrote Kombi, den Frau Dorn fährt, ist nirgends zu entdecken. Dafür sehe ich Mamas Fahrrad neben dem Bootsschuppen stehen und in diesem Moment taucht auch schon Sebastian mit einem gigantischen Blumenstrauß auf. Er sieht nicht nur todschick aus, sondern hat anscheinend auch mit seinem Rasierwasser nicht gespart, denn der Duft weht bis zu uns herüber.

„Puh, wie das stinkt!“, mault Kassia und fängt an zu niesen.

„Pscht!“, ich schubse sie unfreundlich. „Reiß dich mal zusammen. Glaubst du, deine Außerirdischen müffeln besser?“

Plötzlich höre ich Mamas Stimme: „Sebastian! Was machst du denn hier?“

Herr Pfeffer antwortet: „Klementine. Nein, so ein Zufall!“

Mama fragt neugierig: „So schöne Blumen. Für wen sind die denn?“

Sebastian Pfeffer räuspert sich verlegen. „Ach, für eine Bekannte. Nichts Besonderes. Habe ich noch schnell im Supermarkt besorgt. Aber du siehst heute wirklich besonders schön aus. Das Kleid passt perfekt du deinen wunderbaren Augen. Auf wen wartest denn du?"

Mir fallen fast die Ohren ab. Für so einen Draufgänger habe ich meinen Musiklehrer bislang nicht gehalten.

Mama sagt immer, wir sollen nicht lügen. Aber das gilt wohl nur für Kinder bis dreizehn. Denn sie schwindelt wie aus der Pistole geschossen und wird vermutlich nicht einmal rot dabei: „Ach, ich wollte nur mal Luft schnappen."

Wir kauern eine geschlagene halbe Stunde hinter dem Bootshaus. Weder Frau Dorn noch der Bürgermeister tauchen auf. Dafür unterhalten sich Mama und Sebastian die ganze Zeit über prächtig.

„Der totale Reinfall", kommentiert Jonas die Situation düster. „Fehlt nur noch, dass sie zusammen Boot fahren. Dann ist alles im Eimer."

Fünf Sekunden später passiert genau das. „Hast du Lust auf eine kleine Wasserpartie, Klementine?"

Unsere Mutter lacht fröhlich. „Genau das wollte ich dich auch gerade fragen."

Jonas und ich schauen uns fassungslos an. Was können wir jetzt noch tun?

„Boot fahren? Juchuh! Ich komme mit!" Lukas

hält es keine Sekunde mehr in unserem Versteck, als er hört, was unsere Mutter und Sebastian vorhaben. Begeistert springt er auf und rast in Höchstgeschwindigkeit um das Bootshaus herum, um den Spaß auf keinen Fall zu verpassen.

Wir stehen ganz schön dämlich da, als wir wie die kleinen Strolche einer nach dem anderen hinter dem Bootshaus hervorpurzeln und Sebastian Pfeffer und unserer Mutter gestehen, dass wir sie die ganze Zeit bespitzelt haben.

„Ihr habt tatsächlich gedacht, wir sind ineinander verliebt?", fragt Sebastian bestimmt zum fünften Mal. „Sogar du, Jonas?" Er schaut uns fassungslos an. „So etwas Albernes hätte ich euch allen wirklich nicht zugetraut, was meinst du dazu, Klementine?"

Unsere Mutter schüttelt so heftig den Kopf, als hätte sie einen Wackelkontakt. „Nein wirklich nicht, Sebastian. Nichts ist verrückter als diese Idee."

Sie starren uns minutenlang wortlos an und werden auf einmal beide gleichzeitig rot wie überreife Tomaten.

Eine halbe Stunde später sitzen wir alle eng aneinandergedrängt in einem Boot mitten auf dem See, um Farbe zu bekennen – jedenfalls nennt es Mama so. Aber anstatt dass Sebastian Pfeffer und unsere Mutter endlich zugeben, dass sie ineinander verliebt sind, unterstellen sie uns, dass wir neugierige Schnüffler sind, und heizen uns so richtig ein.

„Wenn ich eines nicht leiden kann, dann dass man mir nachspioniert", sagt Mama.

Sebastian gibt ihr eifrig Recht und fügt hinzu: „Eltern sind nicht die Sklaven ihrer Kinder."

Also ehrlich, mir kommen beinahe die Tränen. Geht es vielleicht noch ein wenig dramatischer?

„Dabei bin ich gar nicht mit Sebastian verabredet gewesen", unterstreicht Mama.

„Und ich nicht mit Klementine", sagt Herr Pfeffer.

Wissen wir doch alles, hätte ich fast laut geschrien. Haltet ihr uns für doof? Aber Kassia kennt sich nicht nur mit dem Weltall aus, sondern auch mit ihren

Schwestern. Damit ich den Mund halte, tritt sie mir fest gegen das Schienbein, sodass ich für einen Moment nur die Milchstraße sehe und mir die Lust auf Plaudern vergeht.

Natürlich hat sie Recht. Wenn Sebastian und unsere Mutter diese Briefgeschichte herauskriegen, sind wir echt geliefert.

„Eine Liebesgeschichte zwischen Sebastian und mir existiert nur in eurer überspannten Fantasie“, fährt Mama hitzig fort. „Ich glaube, die Ferien bekommen euch nicht. Vermutlich müsst ihr einfach Verantwortung übernehmen, damit ihr sinnvoll beschäftigt seid.“

Sebastian Pfeffer hält den Daumen hoch. „Absolut richtig, Klementine. Wir können gleich eine Liste machen. Ich hätte da so einiges im Angebot – Rasen mähen, Auto waschen, Fenster putzen, Badezimmer schrubben ...“

„Teppich klopfen, Schränke wischen, Dachboden ausmisten ...“, fährt Mama fort.

Hah! Das war das falsche Stichwort. Der Dachboden ist für meine Schwester Kassia so etwas wie der Heilige Gral. Wer ihr da in die Suppe spuckt, kriegt Ärger, selbst Mama ist da keine Ausnahme.

„Der Dachboden ist Sperrgebiet!“, ruft Kassia empört. „Ich finde es ganz schön gemein, wie ihr euch herausredet, und feige ist es auch. Schließlich haben wir astreine Beweise für unsere Vermutungen, da könnt ihr uns so viel Hausarbeit aufbrummen, wie ihr wollt."

Obwohl Kassia sich mit ihrem Bekenntnis total in die Nesseln gesetzt hat, bin ich erleichtert. Einfach, weil unser Superhirn auch mal die Nerven verliert und hysterisch herumkrakeelt.

„Ach", sagt Mama spitz. „Beweise also. Und welche sollen das bitte sein?"

Bevor wir sie daran hindern können, fängt Kassia unerbittlich an aufzuzählen, wie seltsam sich die beiden in der letzten Zeit benommen haben – angefangen bei Sebastian Pfeffers Kämm-Arie über Mamas schickes neues Sommerkleid bis hin zu Sebastians plötzlicher Affenliebe für Vierbeiner. Nur die Briefe lässt sie komplett raus. Dafür bin ich ihr wirklich dankbar.

Sebastian und Mama tauschen einen langen Blick aus.

„Tja, Klementine", sagt Sebastian schließlich seufzend. „Das habe ich mir zwar anders vorgestellt, aber dann müssen wir doch schon mit der Wahrheit rausrücken, oder was meinst du?"

Unsere Mutter nickt. „Sehe ich genauso. Ich konnte ja nicht ahnen, dass wir von einem halben Dutzend Geheimagenten beschattet werden." Sie wechselt erneut einen Blick mit Sebastian Pfeffer, diesmal nur ganz kurz. „Sebastian hatte eine Idee. Und die war so verrückt, dass ich erst einmal eine Weile darüber nachdenken musste."

Sebastian Pfeffer nimmt das Ruder und schlägt damit zur Bekräftigung auf das Wasser. „Und als Klementine mit dem Nachdenken fertig war, mussten wir eine ganze Weile darüber reden, und zwar ohne dass aus allen Ecken lange Ohren zu uns herüberwuchsen."

Mama nickt. „Stimmt haargenau. Allerdings hatten wir keine Ahnung, dass wir uns nicht nur vor langen Ohren, sondern auch vor unsichtbaren Augen in Acht nehmen müssen."

Wie lange dauert die Ewigkeit? Das ist eine Frage, die ich mir schon länger gestellt habe, ohne dass ich bisher eine Antwort darauf gefunden hätte. Seit jetzt eben weiß ich es. Die Ewigkeit dauert ungefähr genauso lange, wie Mama und Sebastian uns mit ihrem *Geheimnis* auf die Folter spannen. Wahrscheinlich hätten wir noch bis zum Abendessen in diesem engen Boot gesessen und darauf gewartet, dass die beiden mit der Wahrheit herausrücken, aber meine kleine Schwester Jule ist manchmal einfach ein unbezahlbarer Schatz. Sie ruft nämlich ungeduldig: „Paddeln wir noch lange hier herum und reden Quatsch? Ich muss schrecklich doll Pipi machen und Hunger und Durst habe ich auch."

Urplötzlich steht Mama feierlich auf. In ihrem grünen Kleid sieht sie aus wie eine Meerjungfrau. Zum Glück taucht sie nicht in die Fluten, sondern platzt endlich mit der Wahrheit heraus: „Wir machen einen Haustausch, schon in zwei Wochen. Dann eröffne ich endlich meine Tierambulanz, jede von euch kriegt ein riesiges Zimmer, und das Fenster auf dem Dachboden ist so groß, dass Kassia mit bloßem Auge direkt bis zum Mars gucken kann. Nur der Flügel von Sebastian bleibt im Wohnzimmer stehen. Da passt er nämlich am besten hin. Sebastian kauft sich ein Piano zum Komponieren und kommt einfach zu uns, wenn er Lust auf seinen Flügel hat. Außerdem wollen wir ausprobieren, ob Klaviermusik meine kleinen Hundepatienten heilt, wenn sie Kummer haben. Tiermusiktherapie nennt man das. Bei Menschen klappt das ja auch." Sie strahlt uns an.

„Juchuhhhhh!" Jule springt wie ein übermütiges Fohlen auf und fällt Mama um den Hals.

Little Duck.

Beide verlieren das Gleichgewicht und das Boot beginnt ganz fürchterlich zu schwanken. Mit einem lauten Schrei plumpsen meine Mutter und meine kleine Schwester ins Wasser.

„Klementine!", ruft Sebastian panisch. „Jule!" Er lässt das Ruder fallen und stürzt sich todesmutig hinterher.

Das gibt dem Boot den Rest. Es kippt zur Seite und wir landen alle im lauwarmen See.

Nachdem wir prustend das Ufer erreicht und eine dösende Entenfamilie aus dem Schilf aufgescheucht haben, stopft uns Sebastian Pfeffer kurzerhand so pitschnass, wie wir sind, in seinen Transporter. Selbst die Fahrräder zurrt er noch auf dem Dachgepäckträger fest. Der Pfeffervater ist nämlich gar nicht so ungeschickt, wie er immer gerne tut.

Auf der Heimfahrt schnattern wir mindestens so aufgeregt wie die Entenfamilie durcheinander. Zu Hause fängt Jule sofort an zu packen und Kassia stürmt währenddessen den Pfeffer'schen Dachboden, um einen Grundriss ihres neuen Reiches zu zeichnen. Selbst Paula lässt sich von der allgemeinen Euphorie anstecken und hilft Kassia beim Ausmessen des Dachbodens. Schließlich muss das Teleskop optimal in das All ausgerichtet werden.

Nur ich weiß nicht genau, ob ich mich freuen soll. Und jetzt kann mich jeder, der will, laut auslachen, es ist mir egal. Ich mache mir nämlich ernsthaft Sorgen, wie Jonas die Umzugspläne findet. Schließlich zieht er in unser winziges Hexenhaus, nachdem er vorher in einem echten Palast gewohnt hat.

Schließlich fasse ich mir ein Herz und frage ihn einfach, wie er sich dabei fühlt.

„Absolut cool“, sagt er und strahlt mich an. „Aber ich will dein Zimmer haben und auf dem Dachboden könnten wir ein kleines Studio einrichten, in dem wir unsere Songs mit Herrn Schiller proben. Was hältst du davon?“

Ganz ehrlich, mir plumpst ein ganzes Gebirge vom Herzen. Erst jetzt kann ich mich richtig freuen.

Liebe Leute, mein Leben ist das totale Chaos und meine Familie treibt mich die meiste Zeit in den Wahnsinn. Trotzdem möchte ich mit niemandem auf der ganzen Welt tauschen.

Erst als Mama hektisch anfängt zu saugen und die Küche aufzuräumen und die Schuhe im Flur zu sortieren, fällt es mir wieder ein: Tante Penny kommt ja zu Besuch, das hätte ich in dem ganzen Trubel beinahe vergessen. Besonders Paula freut sich wie eine

Schneekönigin, dass sie ihre Mutter endlich mal für ein paar Tage ganz für sich alleine haben wird, ohne dass sie mit ihrem Hubschrauber zum nächsten Rettungseinsatz muss. Angestachelt durch Kassia macht sie eine ewig lange Liste, was sie ihr alles zeigen will. Ganz oben schreibt sie hin: Familie Pfeffer kennenlernen! Und dabei hat sie schon wieder ihren Bambi-Barbie-Augenklimperblick. Haha.

„Kommt Tante Penny mit dem Hubschrauber aus England?“, fragt Jule am Sonntagmorgen aufgeregt.

„Nee, mit unserem uralten Auto, du Backpflaume“, antwortet Paula grinsend.

Aber als es zwei Stunden später draußen hupt, steht ein knallgrüner Sportwagen vor der Tür, aus dem Tante Penny mit hochrotem Kopf heraushüpft, als wäre sie ein Reh mit Sonnenbrand. „Hello, Darlings!“, ruft sie aufgekratzt und umarmt uns überschwänglich. „Überraschung. Ich hab noch jemanden mitgebracht. Super, dass Klementine dichtgehalten hat!“

Jetzt weiß ich endlich, von wem Paula den Bambi-Blick geerbt hat. Denn genau mit so einem Augenaufschlag guckt Tante Penny den Cowboy an, der gerade aus dem Auto steigt. „Das ist Peter“, sagt sie strahlend. „Wir haben uns bei einem Rettungseinsatz in Australien kennengelernt. Er ist Buschtierarzt.“ Sie schnappt sich Paula und sagt: „Paula, meine Süße, ihr beide werdet euch bestimmt ganz super verstehen!“

Was soll ich sagen: Paula ist natürlich total schockiert. Und das wundert mich überhaupt nicht. Zum Glück haben wir jede Menge Erfahrung mit Verliebten, Entliebten und Umverliebten gesammelt. Ein paar Stunden später halten wir unseren ersten Krisenrat in Kassias Sternenzimmer. Die Anfängerfehler, die wir bei Mama und Sebastian Pfeffer gemacht haben, passieren uns bestimmt kein zweites Mal. Paula kann sich zweihundertprozentig auf uns verlassen. Denn dafür sind Freunde ja schließlich da!

© Foto: privat

Usch Luhn wuchs in der Steiermark in Österreich auf. Schon als kleines Kind hat sie sich unheimlich gerne Geschichten ausgedacht. Nach dem Abitur zog sie nach Berlin und studierte an der Freien Universität Berlin Kommunikationswissenschaften. Danach arbeitete sie einige Jahre beim Radio und beim Kinderfernsehen. Schließlich fing sie an, längere Geschichten zu schreiben, und machte noch eine weitere Ausbildung zur Drehbuchautorin und Filmdramaturgin. Seitdem arbeitet sie auch für den Film. Sie wohnt abwechselnd in Berlin und Ostfriesland an der Nordsee. „Hier ist es nämlich so schön ruhig, dass ich wunderbar Bücher schreiben kann", sagt sie. Wenn Usch Luhn nicht gerade schreibt, rettet sie Katzen oder streichelt Hängebauchschweine.

Nina Dulleck zeichnet schon seit 33 Jahren (seit sie einen Stift halten kann). Sie ist verheiratet mit ihrem Traummann und Mama von drei Kindern. Sie liebt Wassermelonen und MezzoMix und weiße Blätter, die zur Bekritzelung freigegeben sind. In ihrem verwunschenen Häuschen wohnen keine Springmäuse, dafür haust dort aber eine Bilch-Familie, deren einzelne Mitglieder in regelmäßigen Abständen gefangen und mit der Fähre über den Rhein gebracht werden. Für die Fähre hat Nina Dulleck mittlerweile eine Zehnerkarte. Die Bilche scheinbar auch. Sie finden immer wieder zurück nach Hause. Wenn Nina Dulleck nicht gerade zeichnet, liest sie dicke Bücher, hütet Kinder oder beobachtet Vögel. Mit denen kennt sie sich nämlich richtig gut aus.

Leseprobe aus
„Maxie und ein Fisch mit Fernweh“
von Usch Luhn
(ISBN 978-3-473-36836-5)

„Maxie!

Maaaxiiieee!

Maxiiiiiiiiiiiieeeeeee, jetzt wach endlich auf!“

Die Nervensäge, die gerade mein Trommelfell zum Platzen bringt, ist meine Schwester Jule. Sie ist neun. Und das ist leider nicht das einzige Schreckliche an ihr.

Das kneifwütige Biest schnappt sich meinen linken Fuß, der unter meiner Bettdecke hervorlugt, und versucht, meinen kleinen Zeh zu zerquetschen.

Grrrrrr! Jetzt bin ich wirklich hellwach.

Und stinkwütend.

Ach übrigens, guten Morgen zusammen. Mein Name ist Maxie mit hintendran *e*. Und ich hasse es, so früh aus dem Schlaf gerissen zu werden.

Der Sonntag ist heilig für mich, denn es ist der einzige Tag, an dem ich richtig lange ausschlafen und mich von meiner lieben Großfamilie erholen kann. Genau deshalb wird Jule diese hinterhältige Wecknummer gleich bitter bereuen.

Ich hole tief unten in meinem Bauch Luft. Das habe ich im Schulchor gelernt. Wenn ich will, kann ich so laut schreien, dass die Fensterscheiben zittern. Ich brülle also los: „Juuuuule! Es ist Sonntag. Wenn du dich nicht sofort verziehst, passiert was ganz Schlimmes."

„Aber da unten sind Einbrecher!" Jules Stimme kippt vor Aufregung über. „Sie schleichen um unser Haus herum und gucken durch die Fenster und einer von ihnen ist sogar in den Garten geklettert. Glaubst du, sie wollen Eddy klauen?" Sie schaut mich aus ängstlichen Augen an.

„Einbrecher? Wo?" Ich schnelle nach vorne und knalle unsanft gegen Jules harten Schädel. Autsch! Jetzt sehe ich tatsächlich ein paar Sterne, obwohl die Sonne schon kräftig in mein Zimmer scheint. Ich massiere meine schmerzende Stirn.

Rummms!

Im nächsten Moment kracht es so laut, als ob eine Abrissbirne gegen unser Haus donnert. Die Wände wackeln und mein Schneewittchenspiegel fällt zu Boden.

Besonders zimperlich sind diese Einbrecher nicht.

Ich springe panisch aus dem Bett und zerquetsche mit meiner Ferse beinahe Cäsar. Er ist die jüngste von Mamas Sibirischen Springmäusen und schläft am allerliebsten in meinen Pantoffeln, obwohl er das eigentlich gar nicht darf. Trotzdem büxt er immer wieder aus und taucht heimlich bei mir auf. Ich habe nichts dagegen. Cäsar ist total süß und hat die schönsten Schnurrbarthaare der Welt. In meinem kuscheligen Hausschuh sieht er aus wie der letzte Bewohner der Arche Noah. Ich habe schon superviele Fotos von ihm geknipst und ein Gedicht über ihn gemacht.

Jetzt rettet sich Cäsar mit einem waghalsigen Sprung – und zwar ausgerechnet auf mein Aufsatzheft, das auf dem Teppich liegt. Dort pinkelt er erst einmal eine riesige Pfütze. Na toll!

Gute Nerven haben Mäuse nicht. Ich sehe bereits das empörte Gesicht von Frau Rabe vor mir, wenn sie den gelben Fleck sieht. Besser gesagt: riecht. Mäusepipi duftet nämlich nicht nach Maiglöckchen wie ihr Lieblingsparfüm.

Ich stürze zum Fenster und schaue hinaus.

In unserer Gartenmauer steckt ein roter Transporter. Das Fahrzeug ist rückwärts in unsere frisch gestrichene weiße Mauer hineingefahren. Der irre Fahrer drückt offenbar gerade erneut auf das Gaspedal, denn das Fahrzeug setzt sich mit aufheulendem Motor wieder in Bewegung und nietet die Mauer um, als wäre sie aus Pappe. Es rollt in Zeitlupentempo mitten in unseren Garten, direkt auf den neuen Kaninchenstall zu. Kurz davor kommt es mit einem Ruckeln zum Stehen.

Im selben Augenblick springt die Hecktür auf. Ein paar Kartons kippen heraus und platzen auf. Überall auf dem Rasen verteilen sich vollgeschriebene Blätter.

Während die Kaninchen panisch in ihrem Heim herumjagen, stampft unser Esel Eddy herbei und fängt genüsslich an, auf den Blättern herumzukauen. Papier gehört zu seinen absoluten Lieblingsspeisen, obwohl Mama meint, das sei für einen Esel nicht gesund.

Ein Mann in Jeans und Strickpulli springt aus dem Wagen und versucht hektisch, Eddy die matschigen Blätter aus dem Maul zu zerren. Dabei schimpft er die ganze Zeit laut vor sich hin.

Plötzlich kommen zwei Jungen herbeigerannt. Sie müssen direkt an unserer Hauswand gestanden haben, deshalb sehe ich sie erst jetzt. Sie fangen an wie verrückt zu lachen, weil der Mann wie Rumpelstilzchen herumspringt. Das macht ihn natürlich noch viel wütender.

Jule schreit los und zwickt mich vor Aufregung in

meinen Arm. „Der Größere, der hat vorhin durch das Küchenfenster geguckt. Und der blonde Junge hat Eddy einfach an der Mähne angefasst."

Also, wie gefährliche Diebe sehen die zwei eindeutig nicht aus, finde ich. Der Dunkelhaarige ist bestimmt nicht älter als ich. Wenn er überhaupt schon zwölf ist. Er hat einen blau-weißen Ringelpullover an und abgeschnittene Jeans. Seine braunen Haare sind ein bisschen zu lang und er wischt sie sich ständig aus dem Gesicht. Der andere Junge ist so groß wie Jule und rotblond.

Der Mann fasst Eddy nun direkt ins Maul. Das kann der aber überhaupt nicht leiden – hätte ich ihm gleich sagen können. Eddy schubst ihn mit seinem sabbernden Maul einfach um und der Mann landet unsanft auf seinem Po.

„Jule, so ein Quatsch. Das sind doch keine Einbrecher!" Ich kichere.

Die Jungen versuchen jetzt auch mitzuhelfen, aber sie stellen sich noch dümmer an als der Mann. Bei ihnen sieht die Rangelei mit Eddy um die Blätter so aus, als ob sie einen Ringkampf austragen wollten. Eddy gewinnt natürlich haushoch. Es dauert nur ein paar Sekunden, dann liegen die beiden ebenfalls im feuchten Gras. Eddy probiert aus, wie die Haare des großen Jungen schmecken, aber zum Glück für diesen mag er sie nicht. Jetzt sieht der Junge so abgeschleckt aus, als hätte er sich Haargel in seine Matte geschmiert. Das ist echt zum Schreien komisch.

„Nö, Jule, das sind wirklich keine Einbrecher", kreische ich. „Das sind einfach irgendwelche Wahnsinnigen, die sich offenbar in der Gartentür geirrt haben. Besser gesagt – in der Gartenmauer. Guck dir das an. Voll witzig. Eddy macht die in null Komma nix fertig. Und der Mann kann nicht einmal richtig Auto fahren. Wenn Mama die kaputte Mauer sieht, flippt sie völlig aus."

Im gleichen Moment schlägt unten die Haustür zu. In Riesenschritten stürmt meine Mutter auf die Eindringlinge zu. Im Schlafanzug!

Jule und ich wiehern gleichzeitig los. Was jetzt passiert, ist bestimmt besser als Kino. Davon sind wir beide überzeugt.

Als Tierärztin ist meine Mutter nicht so schnell aus der Ruhe zu bringen. Als Mama zum Glück auch nicht. Aber als Hausbesitzerin ist sie immer gleich auf hundertachtzig. Das ist echt komisch.

Wir sind erst vor zwei Jahren in dieses windschiefe Hexenhäuschen eingezogen, in dem unsere Großmutter als kleines Kind gewohnt hat. Sie hat es uns vererbt, weil sie leider schon gestorben ist. Das Haus stand ewig lange leer und wurde nie wirklich entrümpelt. Deshalb ist es bis unter das Dach voller seltsamer Sachen, die niemand braucht. Meint meine Mutter.

Ich habe nämlich in den Kisten auf dem Dachboden sehr schöne Dinge entdeckt, die ich gut in meinem Zimmer verwenden kann.

Den Schneewittchenspiegel zum Beispiel. Er hat einen verschnörkelten Rahmen aus Gold und wenn man hineinschaut, verzerrt sich das Gesicht, je nachdem, wie man den Kopf dreht. Das ist total lustig.

Außerdem eine riesige Glaskugel, die im Sonnenlicht funkelt wie ein kostbarer Edelstein. Sie hat bestimmt einer Wahrsagerin gehört. Ich habe aus Spaß mal meine Hände darübergehalten und ganz fest an ein Geheimnis gedacht, das ich unbedingt herauskriegen wollte, und da ist mir plötzlich ganz schummrig geworden. Habe ich mich vielleicht erschrocken!

Um mich zu ärgern, hat meine Mutter hinterher gesagt, dass ich in meinem früheren Leben sicher die Hexe in unserem Hexenhäuschen gewesen bin. Das macht mir aber gar nichts aus. Vielleicht habe ich ja deshalb Herrn Schiller im Wald gefunden.

Das ist gleich in der ersten Woche, nachdem wir hier eingezogen waren, passiert. Ich war alleine im Wald unterwegs und da lag er piepsend auf dem Weg. Mir ist fast das Herz stehen geblieben. Ich habe ihn ganz vorsichtig in mein blaues Halstuch eingewickelt und bin so schnell ich konnte nach Hause gelaufen. Mama kennt sich ja zum Glück mit Tieren aus.

Herr Schiller ist die schönste Krähe, die ich je gesehen habe, mit dunkelblau glänzenden Federn, einem weißen Fleck auf der Brust und einem pechschwarzen Schnabel. Bestimmt hat ihn ein Kuckuck aus dem Nest geschubst. Wenn ich ihn nicht gefunden hätte, wäre er garantiert gestorben. Sein linker Flügel war gebrochen, aber Mama hat ihn geschient.

Ich musste Herrn Schiller mit Insektenbrei füttern, und als es ihm etwas besser ging, kriegte er Rührei. Das ist immer noch seine Lieblingsspeise, obwohl er die Eier überall herumspuckt. Als er wieder gesund und flügge war, wollte er gar nicht mehr von uns weg. Und deshalb wohnt er jetzt bei mir.

Meine Mutter glaubt, Herr Schiller und ich sind Seelenverwandte, weil er Gedichte und Songtexte genauso gerne mag wie ich. Kann schon sein. Ich muss Herrn Schiller ja nur angucken, da fällt mir schon wieder was Neues für einen Song ein. Der hier ist gerade unser Lieblingslied:

CRAP RAP
Herr Schiller: eine düstre Gestalt,
bei dem wird jedem heiß und kalt.
Er fürchtet sich im Finstern nicht,
jagt selbst Vampire in die Flucht.
Schickt sie ins Licht,
spuckt ihnen Rührei ins Gesicht!
Waaaaaaaah!

Wenn ich zum Schluss das Waaaaaaaah! ganz laut hinterherbrülle, dann gluckert Herr Schiller los wie eine Horde Lachtauben. Das ist total crazy.

Er kann sowieso supergut Stimmen nachmachen. Besonders die unserer Mutter, wenn sie sich aufregt. Wie jetzt eben. Ehrlich gesagt möchte ich gerade nicht in der Haut dieses ulkigen Typs da unten stecken.

Im gleichen Moment geht es auch schon los.

Mama fuchtelt mit Händen und Füßen herum und deutet aufgeregt auf die kaputte Mauer. Der fremde Mann macht aber mindestens genauso einen Alarm. Er zeigt anklagend auf den kauenden Eddy und tritt schließlich sogar mit der Fußspitze wütend gegen die Mauer. Oder was davon übrig geblieben ist.

So witzig dieser Stummfilm ist – eigentlich würde ich verflixt gerne hören, was die beiden sich genau an den Kopf werfen. Bis auf ein paar wütende Wortfetzen kriege ich nämlich nichts davon mit, weil Eddy mittlerweile lautstark mitmischt.

„Man versteht ja gar nichts“, sagt Jule enttäuscht. „Glaubst du, wir dürfen rausgehen? Oder wird Mama dann noch böser …“

Ich bin mir ehrlich gesagt nicht sicher. Mama ist ganz schön unter Dampf.

„Guck mal, Maxie. Kassia ist ja unten. Dann geh ich aber auch!“ Jule rennt los.

Tatsächlich. Kassia ist ebenfalls im Garten. Sie ist meine andere Schwester. Wir haben am selben Tag

Geburtstag, aber zum Glück ist Kassia ein Jahr jünger als ich. Obwohl – eine Zwillingsschwester fände ich auch irgendwie cool.

Kassia und ich sind allerdings alles andere als Zwillinge. Manchmal bin ich mir nicht einmal sicher, ob wir überhaupt miteinander verwandt sind. Kassia ist nämlich ein echtes Superhirn. Ein Mathegenie. Ein Überflieger. Direkt unheimlich. Sie kriegt garantiert einmal den Nobelpreis für Physik oder entdeckt einen fremden Stern, auf dem Außerirdische wohnen.

Samstagnacht hockt sie meistens auf dem Dachboden herum und guckt durch ein langes Fernrohr in den Himmel. Sie hat sogar ein Klappbett mit einem Schlafsack dort aufgestellt. Darin schläft sie manchmal. Aber nur, wenn am nächsten Tag keine Schule ist.

Anfangs hat Mama deshalb schrecklich herumgemeckert, aber dann hat sie nachgegeben. Kassia ist nämlich auch supergut darin, andere zu überzeugen. Das gilt auch für unsere Mutter. Und darauf bin ich wirklich neidisch.

Ich düse total schnell hinter Jule her. Nicht dass ich noch was Wichtiges verpasse.

Aber ich komme leider zu spät.

Anscheinend sind den beiden Streithähnen gerade

die Schimpfwörter ausgegangen. Dabei hätte ich noch ein paar für mein neues Wutlied gebrauchen können.

Mama und der Mann gucken sich stumm und spinnefeind an.

Erwachsene sind echt ulkig. Wenn ich mich nur fünf Minuten mit meinen Schwestern fetze, wird meine Mutter total sauer. Warum gilt das immer nur für Kinder?

„Ich erwarte, dass Sie die Mauer umgehend ersetzen und wieder aufbauen“, sagt Mama mit eisiger Stimme. „Ich bin Tierärztin und trage Verantwortung. Die kranken Tiere, die man mir zur Pflege anvertraut hat, müssen sicher bei mir untergebracht werden. Das erwarten die Tierhalter zu Recht. Und auch unsere eigenen Tiere brauchen den Schutz der Mauer vor der Straße.“ Sie verschränkt die Arme.

„Ihr störrischer Esel hat meine kostbaren Kompositionen zerstört“, erwidert der Mann bockig. „Ich fordere Schadensersatz.“

„Mir egal, Ihre Noten“, sagt Mama.

„Mir egal, Ihre Mauer. Und gegen Tiere bin ich allergisch. Sogar gegen Fische“, sagt der Mann.

Die beiden stehen sich wie Kampfhähne gegenüber und starren sich wütend in die Augen.

Ganz ehrlich: Ich finde, Mama übertreibt

gerade irgendwie. So gestelzt redet sie sonst nie. Der Typ muss sie ganz schön auf die Palme gebracht haben.

Die Mauer war zwar frisch gestrichen, aber ansonsten uralt. Und weder Eddy noch Herrn Schiller oder Kassias nervigen Kater Chili interessiert eine Mauer. Herr Schiller fliegt sowieso darüber, Chili tänzelt auf der Mauer herum wie auf einem Catwalk und Eddy geht durch das offene Gartentor auf die Straße spazieren, wann immer er Lust dazu hat. Autos kommen hier selten vorbei. Außer ausgerechnet dieser runtergekommene rote Transporter.

Zur Untermiete sind im Augenblick nur die Zwergkaninchen. Aber die hat ihr Besitzer wohl vergessen abzuholen, vielleicht weil aus den drei Babykaninchen mittlerweile fünfzehn geworden sind. Alle schwarzweiß. Ansonsten wohnen bei uns noch Mamas zwölfköpfige Springmausfamilie (die hat jemand im Karton vor die Haustür gestellt), zwanzig Goldfische im Gartenteich (die flüchten auch nicht durch die kaputte Mauer), mehrere Frösche und drei Salamander.

„Tja. Dann sollten wir mal unsere Namen austauschen, um die Schadensfrage zu klären – *falls* es da etwas zu klären gibt", räuspert sich der Unglücksfahrer. „Sebastian Pfeffer, Musiker." Er verbeugt sich.

Mama schleudert energisch ihren Pferdeschwanz hin und her. „Und mein Name ist Doktor Klementine Buntschuh, Tierärztin. Groß und deutlich hier zu lesen." Sie zeigt auf das Praxisschild neben unserer Haustür.

Der Fremde zuckt zusammen und kneift die Augen klein. Wie ein hypnotisiertes Kaninchen starrt er Mama an. „Buntschuh!", ruft er ungläubig. „Aber wer heißt denn so? Und dazu noch Klementine." Er bricht in schallendes Gelächter aus.

„Wie bitte?!" Mama schnaubt wie ein beleidigtes Rennpferd und presst trotzig ihre Lippen aufeinander. „Seinen Namen kann man sich nicht aussuchen. Aber wie man sich einer Dame gegenüber benimmt, schon. Adieu, Herr Pfeffer."

Sie macht eine gebieterische Handbewegung in unsere Richtung. Das heißt, dass wir uns ins Haus verziehen sollen. Gehorsam setze ich mich in Bewegung und treibe meine zwei trödelnden Schwestern zur Eile an. Ich kenne Mama schließlich seit zwölf Jahren und weiß, wann sie es ernst meint.

„Nicht ‚Adieu', sondern ‚Auf baldiges Wiedersehen'!", ruft Herr Pfeffer uns hinterher. „Ich bin nämlich ab heute Ihr Nachbar, liebe Frau Doktor. Ich und meine Söhne Jonas und Lukas."